腹有青史言有章

蒙曼讲古代人物

先秦两汉

蒙曼 著

CTS 湖南文艺出版社
·长沙·

小博集
BOOKY KIDS

目录

张书旂《桃花小鸟》◎

娥皇、女英

　　本书第一篇的主人公，是娥皇和女英。娥皇和女英是尧的女儿，舜的妻子。她们代表的那个时代，在考古学上叫新石器时代[①]，在传统史学中叫作三皇五帝[②]时期，在今天，我们通常会说，那是部落联盟制[③]的时代。无论如何表述，总之，那是中华文明的形成时期。那个时代距今已有四千多年，尽管如此，我们对它并不特别陌生，因为我们如今熟悉的很多理念、价值观，都是在那个时候开始形成的，娥皇和女英的故事就是例证。

---

① 在考古学中，为了区分人类发展的不同阶段，人们按照不同人类发展时期工具材料的区别，划分出三个时代系统，分别是石器时代、青铜器时代与铁器时代。石器时代的人们以石器为主要的劳动工具，又分为使用粗糙的打制石器的旧石器时代、使用磨制石器的新石器时代。新石器时代开始于八九千年以前。（本书脚注以及知识板块若无特殊说明，均为编者加）

② 三皇是传说中的远古帝王。五帝是传说中的上古帝王，时间在三皇之后，夏代之前。关于三皇五帝是谁这一问题，说法不一。

③ 为了政治和安全的需要，一些部落结成联盟。

说到娥皇、女英，有一首诗非常有名，那就是毛泽东主席的《七律·答友人》。诗云：

jiǔ yí shān shàng bái yún fēi　　dì zǐ chéng fēng xià cuì wēi　　bān zhú yì zhī qiān dī
九嶷山上白云飞，帝子乘风下翠微。斑竹一枝千滴
lèi　　hóng xiá wàn duǒ bǎi chóng yī
泪，红霞万朵百重衣。
dòng tíng bō yǒng lián tiān xuě　　cháng dǎo rén gē dòng dì shī　　wǒ yù yīn zhī mèng liáo
洞庭波涌连天雪，长岛人歌动地诗。我欲因之梦寥
kuò　　fú róng guó　　lǐ jìn zhāo huī
廓，芙蓉国① 里尽朝晖② 。

这首诗的前四句讲的就是娥皇和女英的故事。毛主席说：九嶷山上白云飞动，仿佛是娥皇和女英乘着风驾临了。那翠竹上的斑斑点点是她们流不尽的眼泪，那万丈红霞是她们绚丽的衣衫。这四句描写，既浪漫又绚丽。

那么，娥皇和女英到底是怎么回事呢？她们生活的年代很早，有关那个时期的历史记载本来非常有限；但是，娥皇、女英又关联着尧舜禹时代禅（shàn）让制度的大关节，所以，提到她们的古典文献还颇有一些。早期的《尚书》和《山海经》，晚一点的《史记》和《汉书》都有关于娥皇、女英的内容。屈原《楚辞·九歌》里的《湘君》和《湘

① 芙蓉国指毛泽东主席的家乡湖南省。晚唐时期湖南种有很多木芙蓉，五代时期的诗人谭用之写下了"秋风万里芙蓉国"一句，后来，人们便用芙蓉国代指湖南。
② 后四句指洞庭湖水波荡漾，浪花如漫天飞雪。长沙橘子洲头唱一首感天动地的诗篇。我将为此梦回辽阔的河山，芙蓉盛开的家乡将照耀着万千清晨的光辉。

夏朝与商朝 ◆

夏：舜去世后，治水有功的大禹继位。他建立了中国历史上第一个朝代——夏朝。大禹原定禅让王位给伯益，但他去世后，他的儿子启杀掉了伯益并继位。据推论，夏朝约在公元前2070—前1600年。

商：商汤灭夏后，建立商朝。商朝曾多次迁都，后来商汤第九世孙盘庚迁都殷（河南安阳西北小屯村），因此商也被称为殷商。约在公元前1600—前1046年。

夫人》，应该也混合着她们的身影。把这些零零散散的记载凑到一起，我们基本可以知道如下情况：第一，娥皇、女英是尧的女儿，她们顺从尧的安排，嫁给舜为妻。第二，这两个人在舜的身边表现突出，为舜的事业做出了很大贡献。可以说，舜能够取代尧成为部落联盟的首领，她们俩功不可没。第三，舜帝南巡，病死在苍梧之野。娥皇、女英千里寻夫，来到九嶷山前。她们抱着竹子痛哭，泪水洒在竹子上，变成了点点斑痕，传说这就是斑竹的来历。痛哭一场后，娥皇和女英投湘水殉夫，变成了湘水之神，所以又叫湘君，也叫湘妃。《红楼梦》里，公子小姐们起诗社，每个人都要取一个雅号。轮到林黛玉的时候，探春说："当日娥皇女英洒泪在竹上成斑，故今斑竹又名湘妃竹。

如今她住的是潇湘馆，她又爱哭，将来她想林姐夫，那些竹子也是要变成斑竹的。以后都叫她作'潇湘妃子'就完了。"用的正是娥皇、女英的典故。这样看来，娥皇、女英的人生，走的基本上是从孝女，到贤妻，再到烈妇的路径，这也是中国古代妇女最正统的行为准则，所以西汉刘向在《列女传》①中，把她们放在《母仪》的第一篇，表彰她们道德纯粹而又行为坚定，堪称女性典范。

不过，我们今天的人看娥皇、女英，也会有自己的视角和好奇心。什么好奇心呢？第一，娥皇、女英姐妹俩为什么要嫁给同一个人？要知道，她们的父亲尧是部落联盟的首领，娥皇、女英也就是那个时代的公主了。贵为公主，难道不希望爱情专一吗？姐妹俩嫁给同一个人，岂不是同室操戈？这其实涉及了我们中国早期的一个风俗，叫媵（ying）妾制度。中国古代实行一夫一妻多妾制。妻是明媒正娶来的，身份很高，跟丈夫地位对等。而妾是买来的，身份低微，难登大雅之堂。这是古代社会的一般情况。但是，在上古时期，中国还处于贵族政治时代，那时候妇女还有一种身份，既不是妻，也不是妾，而是媵。所谓媵，就是跟正妻一起陪嫁来的女子，其中身份最高的是正妻的姐妹，次一等的是正妻同宗族的女子，再次一等的是正妻的侍女。她们跟正妻一起出嫁，身份就是媵，也就是正妻的替补队员，一旦正妻去世，她们就是正妻的接班人。之所以要有媵这么一类人存在，其实是为了确保妻子娘家的利益。贵族社会都是同一阶层内部联姻，

---

① 分母仪、贤明、仁智、贞顺、节义等七门，共记录了一百零五名妇女的事迹。

婚姻关系也就是盟友关系，嫁一个女儿就相当于签一个利益共同体的协约。一旦女儿去世，或者不能生育怎么办？这时候，媵就是最好的补充，只要媵还在，那么，这两大家族之间的盟友关系就始终不断。几年前有一部电视剧叫《芈（mǐ）月传》，在剧中，身为楚国公主的芈月就是作为姐姐芈姝的媵嫁到秦国的；同样，《三国演义》里，孙吴政权那位爱女如命、说一不二的吴国太，也是跟着姐姐一起嫁给了孙权的父亲孙坚。这虽然都是文艺作品的虚构，但也有真实的历史背景做基础。差不多就是三国两晋南北朝以后，中原地区基本上没有媵了，但是，媵的变体却始终存在。例如，北宋时期有一桩著名的公案，大才子欧阳修和状元王拱辰分别娶了户部侍郎薛奎（kuí）的四女儿和三女儿，成了连襟，王拱辰算是欧阳修的姐夫。后来，王拱辰的妻子病逝，薛奎又把自己的五女儿嫁给王拱辰做续弦。这样一来，王拱辰也就从欧阳修的姐夫变成了欧阳修的妹夫。欧阳修一得意，还写了两句"旧女婿为新女婿，大姨夫作小姨夫"，惹得王拱辰很不高兴。抛开欧阳修和王拱辰之间的恩恩怨怨，单看薛奎这边，他为什么要接连嫁两个女儿给王拱辰呢？其实是舍不得这个榜下捉来的状元郎、未来政坛的好帮手，所以才要在三女儿去世之后，继续把五女儿嫁给他，维持两家的关系不变。这种联姻方式，不就是媵的变体吗！回到娥皇、女英身上，她们俩为什么同时嫁给舜？正是因为尧看中了舜是一棵政治上的好苗子，铁了心要跟他结盟，这才把两个女儿一起嫁给他，确保他永远也跑不了。

既然如此，我们的第二个好奇心也就随之而起：娥皇和女英到舜身边，到底是干什么去了？可能有人会说，难道不是去做人生伴侣吗？政治婚姻可没有这么简单，她们二人不仅是舜的妻子，还是尧派到舜身边的特派员，负责考察干部去的。当时中国还不是家天下①，而是部落联盟时代，部落首领老了，不是传位给自己的儿子，而是要传位给大家公认的贤人。到尧晚年的时候，公认的贤人就是舜，尧也对舜进行了各种各样的考察。可是，考察公共生活容易，考察私生活却难。而我们中国人一向认为，私德是公德的基础，如果一个人不能齐家，也就没法治国。怎么确认舜的私德呢？干脆让女儿进入舜家，近距离观察吧。于是，娥皇、女英就双双嫁给了舜，成了尧安插在舜

舜的贤明体现在哪里？

1. 父亲对舜无情，但舜依然对父亲孝顺有佳。

2. 舜有影响力。《史记·五帝本纪》记载，舜去历山耕种，历山的人不再为田地的地界争吵，而是相互礼让。他去雷泽捕鱼，雷泽的人相互礼让住所。他到河边制作陶器，那里人们生产的陶器再不会粗制滥造。只要他待过的地方，都会越发繁荣，一年后会变成村庄，两年后会成为城镇，三年后会变成城市。

① 家天下指部落联盟首领不再禅让首领的位置，而是把天下和自己的首领位置作为自己一家的私产，传给自己的子孙去继承。

身边的特派员。

舜的家庭可不是什么模范家庭。这一家有三大恶人，号称是"父顽、母嚚（yín）、弟傲"。舜的父亲是个盲人，眼盲心更盲，办事糊涂，待人丝毫不讲公正。而他的母亲是继母，特别凶残，一心想要除掉舜，把好处留给她的亲生儿子。有这样糊涂溺爱的父母，他的弟弟象特别骄横跋扈，完全不把哥哥放在眼里。这样的家庭本来就很难处理好关系，而一旦处理不好，又会被认为是齐家无能，怎么办呢？娥皇、女英既然已经"在家从父"，听从父命嫁给了舜，这时候就要"出嫁从夫"，替舜谋划了。《列女传》记载了三件事。

第一件事可以称为谷仓事件。有一次，舜的父亲让舜修谷仓。舜知道他居心叵测，就问娥皇、女英："我到底去不去呢？"娥皇、女英说："父命难违，怎么可能不去呢？"于是舜就去了。可是舜刚刚爬上谷仓，他父亲就把梯子撤了，在下面放起火来，想把舜烧死。这时候，只见舜从高高的谷仓顶上飞身而下，毫发无伤。他是怎么做到的呢？《列女传》没写。

第二件事可以称为水井事件。眼看烧死儿子的计划没有得逞，舜的父亲又让舜去修井。舜又问娥皇、女英："我去不去呢？"娥皇、女英还是说，父命不可违。于是舜又去了。可是，眼看着舜到了井底，他父亲和弟弟居然把井口封上，想要把舜活埋。谁知正当他们额手称庆的时候，舜居然从井旁边的地上冒了出来，还是毫发无伤。他是怎么做到的？《列女传》还是没写。

再看第三件事：饮酒事件。两次谋害舜不成，舜的父亲又请他喝酒。这明显是后世所谓鸿门宴啊。舜又问娥皇、女英的意见，两个

清 禹之鼎 《人物双美图》◎

人还是劝他不违父命。结果舜去了之后，他的父亲就"一杯一杯复一杯"地劝他喝酒，想要等他喝醉再谋害他。谁知舜就如同无底的木桶一般，怎么灌都不醉，于是他的父亲又无计可施了。舜是怎么做到的？这次《列女传》有记载了，原来是娥皇、女英提前给他洗了药浴，让他对酒精产生了免疫。有了这条记载，后世的读者们就脑洞大开，发挥自己的想象力了。比如有人说，舜从房顶上跳下来毫发无伤，是因为娥皇、女英提前给他准备了大斗笠当降落伞；还有人说，舜能从井里爬出来是因为娥皇、女英提前挖好了隧道；等等。总之，舜在两位贤妻的帮助下，既不违反孝道，又不伤害自己，屡次涉险过关。这样三番五次之后，舜终于感动了父母和弟弟，再也不跟他作对了；与此同时，他也通过了尧的考验，成了尧的接班人。当然，谁都知道，远古的记载往往过于传奇，未可尽信；但无论如何，有一点可以肯定，那就是娥皇和女英不辱父命，顺利地完成了自身角色的转化，从尧的特派员变成了舜的贤内助。

可是，这也引出了我们的第三个好奇心：既然娥皇和女英有胆有识，是舜的好帮手，大舜南巡，为什么不带上她们，还要让娥皇、女英千里寻夫呢？这恐怕就要追溯到中国古代禅让制度的来龙去脉了。禅让好不好？听起来当然好，传贤不传子，这不就是"大道之行，天下为公"吗！可是，这样的佳话究竟是历史事实，还是美化塑造呢？其实在古代是有不同看法的。比如，《韩非子①·说疑》就说："舜

---

① 《韩非子》是先秦集法家大成的代表作。是法家代表人物韩非死后，后人搜集他的遗著并加入其他人论述韩非学说的文章编成。

逼尧，禹逼舜，汤放桀（jié），武王伐纣。"很明显，无论是尧舜禹还是汤文武，政权更替没有不依靠暴力的。西晋时期，从战国古墓里挖出了一部写在竹简上的古书，被称为《竹书纪年》，里面也说"舜囚尧，复偃塞丹朱，使不与父相见也"。既然舜会囚禁尧，让他和儿子丹朱隔绝开来，那么，到舜年老的时候，恐怕后继者也会这样对待舜吧。假设舜不是主动南巡，而是被动流放，那么，他孤零零一个人向南走，随后娥皇、女英又千里寻夫，不就好理解了吗？所以，唐朝的诗仙李白有一首《远别离》，讲的就是这个版本的故事：

远别离，古有皇英之二女。乃在洞庭之南，潇湘之浦。海水直下万里深，谁人不言此离苦？日惨惨兮云冥冥，猩猩啼烟兮鬼啸雨。我纵言之将何补？皇穹窃恐不照余之忠诚，雷凭凭兮欲吼怒。尧舜当之亦禅禹。君失臣兮龙为鱼，权归臣兮鼠变虎。或云：尧幽囚，舜野死。九疑联绵皆相似，重瞳孤坟竟何是？帝子泣兮绿云间，随风波兮去无还。恸哭兮远望，见苍梧之深山。苍梧山崩湘水绝，竹上之泪乃可灭。①

什么意思呢？李白说：远别离啊，古时娥皇、女英两个女子，就

① 古代很多诗词点评家都认为《远别离》有《离骚》的风范。

在洞庭之南、潇湘之畔，为和舜的远别而恸哭。洞庭、湘水虽有万里之深，也难比此番别离之苦！她们哭得白日无光，天昏地暗，感动得猿猱悲啼，鬼神也为之泪下如雨。如今我重提此事，又有谁能理解我心中的痛苦？我的一片忠心只怕皇天也不能领会，它只会打下雷霆，勃然大怒。可是，国君一旦失去了贤臣，就会像神龙化为凡鱼；而奸臣一旦把持了大权，就会由老鼠变成猛虎。有人说，尧并非禅位于舜，而是被舜幽囚了起来；舜也是被迫让位于禹，最终死在荒郊野岭。相传他葬在九嶷山，可九嶷山连绵起伏，哪里才是他的坟墓？可怜的娥皇和女英，只能在洞庭湖畔的竹林中痛哭。她们一边痛哭，一边遥望，眼睛里看到的只有深深的苍梧山，却再也望不见她们的丈夫。什么时候苍梧山崩，湘水断绝，她们洒在竹子上的泪痕才会磨灭。

李白为什么会写这首诗？因为他看到了唐朝的社会现实。唐玄宗后期，无原则地宠幸李林甫、杨国忠、安禄山等人，对他们弄权、弄兵的行为都缺乏防范。李白不是政治家，但是，凭借一个诗人的直觉，他担心唐玄宗会被这些宠臣反噬，唐朝要大祸临头了！李白的这番担忧绝非无中生有。就在这首诗写后不到十年，安史之乱爆发，大唐盛世戛然而止。一代英主唐玄宗痛失皇位，一代红颜杨贵妃也魂断马嵬（wéi）坡[1]，一对神仙眷属，落得个"上穷碧落下黄泉，两处茫茫皆不见[2]"，这又何尝不是锥心刺骨的《远别离》呢！

------

[1] 唐朝安禄山、史思明发动的安史之乱中，唐玄宗逃命途中经过马嵬驿，手下将士哗变，杀死了奸臣杨国忠，并要求唐玄宗赐死杨贵妃。

[2] 出自唐朝诗人白居易的名篇《长恨歌》。

这就是另一个版本的禅让制度，这个版本和传统的版本一个暗，一个明，共同构成了中国上古历史的两个侧面，这两个侧面都有意义，也都耐人寻味。不过，无论是哪一个版本，娥皇和女英的形象并没有本质的改变。她们仍然是多情的妻子，虽然是政治联姻，奉命成婚，但是，她们深深地热爱自己的丈夫，追随自己的丈夫，无论贵贱，无论生死。

正因为如此，古代人描写娥皇、女英，基本上都着眼于她们的眼泪和深情。比如，唐朝刘禹锡被贬官到湖南的朗州（今常德），就写下一首《潇湘神》：

bān zhú zhī　　bān zhú zhī　　lèi hén diǎn diǎn jì xiāng sī　　chǔ kè yù tīng yáo sè yuàn

斑竹枝，斑竹枝，泪痕点点寄相思。楚客欲听瑶瑟怨，

xiāo xiāng shēn yè yuè míng shí

潇湘深夜月明时①。

诗中的湘妃，成为相思与苦恋的化身，有着流不尽的泪水和诉不完的哀怨，这其实不是刘禹锡一个人的看法，它也是古代文人书写娥皇、女英的主基调。

但是我们开篇提到的毛泽东主席的《七律·答友人》又不一样。毛主席笔下的娥皇、女英，既洒下了滂沱泪雨，又穿着华美的红衣。她们仙去了，却并不悲伤，因为她们看到了"我欲因之梦寥廓，芙蓉

---

① 意思是，斑竹枝啊斑竹枝，点点泪痕寄托着相思。楚地的游子啊，若想听幽怨的瑶瑟，就在这潇湘水上月明之时。

国里尽朝晖"。在这片芙蓉花盛开的土地上，到处都朗照着清晨的光辉。这里的娥皇、女英是谁？她们不再是流尽眼泪的潇湘妃子，而是洒尽热血的革命烈士。她们的眼里有丈夫、儿女，更有国家和民族。"斑竹一枝千滴泪，红霞万朵百重衣"，娥皇和女英的形象在这样的诗篇中升华了，她们代表着女性的牺牲，也代表着女性的希望，代表着中国悠久的历史，更代表着中国美好的未来。

【思考历史】

◇ 除了刘禹锡的《潇湘神》外，找一找还有哪些古诗文也用到了娥皇女英的典故？

◇ 很长一段时间里，人们无法确认尧舜禹是否真的存在，并认为东周之前无信史。直到殷墟的发现证实了商朝的存在，二里头遗址的发掘，则开启了对夏王朝的追寻与探索。请了解殷墟和二里头遗址的最新考古发现，说一说你对夏朝和商朝的认知。

清 沈世杰 《荷花》◎

褒姒

◇

娥皇、女英还属于传说中的三皇五帝时期。越过了这个"传说时代"，中国也就进入了有据可查的"历史时期"。我们今天讲中国史，基本上都从夏商周开始讲起。这三个王朝，传统上称之为"三代"，考古学家又称之为"青铜时代①"。夏商周三代不仅奠定了中国的文化基础，也诞生了许多影响深远的历史人物，本篇的主人公——西周末代王后褒姒（bāo sì），就是其中之一。

褒姒何许人也？一言以蔽之，褒姒就是中国传统所谓"红颜祸水"的代表人物。中国有"四大妖姬"的说法，这四大妖姬包括夏朝的妺（mò）喜、商朝的妲己、西周的褒姒，还有春秋时期晋国的骊姬（lí jī）。按照一般的说法，妺喜害得夏桀亡了国②；妲己害得商纣王

---

① 青铜器时代是使用青铜器具的时代，开始于公元前 3000 年。在新石器时代和青铜器时代之间的过渡阶段，则被称为红铜时代。

② 夏桀宠爱妺喜。有人说，商汤灭夏，妺喜与桀一起逃到南巢（今安徽巢湖市西南）并死去。也有说法称桀伐岷山时得到两个美丽的女子，妺喜失宠后与商族的伊尹勾结，帮助商灭了夏朝。

周

- 前 1046 年，周武王灭商建周，建都于镐（今陕西西安市长安区沣河以东）。
- 前 771 年，申侯联合犬戎攻杀周幽王。
- 次年，继位的周平王东迁洛邑（今河南洛阳）。历史上称东迁以前为"西周"，以后为"东周"。
- 春秋：东周又被划分为春秋、战国。一般人们将周平王元年（前 770）到周敬王四十四年（前 476）叫作"春秋时期"。当时出现了很多大国争霸的局面。
- 战国：约为周元王元年（前 475）到秦始皇二十六年（前 221）统一中国为止。这一时期诸侯国之间连年征战。
- 前 256 年，东周被秦所灭。

亡了国；褒姒害得周幽王被犬戎①杀死，周王室被迫东迁；而骊姬则害得晋献公父子相残②，让晋国栽了一个大跟头。

总而言之，这四个人，都花容月貌，但也都倾覆邦家。可是，

---

① 古族名，殷周时，游牧于泾渭流域（今陕西彬州、岐山一带）。是商朝和周朝的劲敌。
② 春秋时期晋献公攻打骊戎时将骊姬带回，立为夫人。骊姬生子奚齐。后来晋献公因为宠爱骊姬，想要让奚齐取代太子申生，甚至动了杀心。最终申生自杀身亡，公子重耳、夷吾逃亡国外。

既然是四大妖姬，为什么不写其他三人，单写褒姒呢？因为褒姒有故事。其他几位，妹喜也罢，妲己也罢，骊姬也罢，留下来的故事都比较少，大部分人并不熟悉，但褒姒不然。一提到褒姒，几乎所有人都能立刻说出一个典故，叫"烽火戏诸侯"。这就是所谓"经典案例"，我们顺着这个案例，不仅可以思考褒姒的悲剧，也可以思考四大妖姬的悲剧，进而思考所谓"红颜祸水"的说法。我为褒姒选的诗，是唐朝诗人胡曾的咏史诗《褒城》：

恃宠娇多得自由，骊山举火戏诸侯。只知一笑倾人国，不觉胡尘满玉楼。

这首诗是什么意思呢？褒姒恃宠而骄，得到了很多自由。她让人在骊山①点起烽火，戏弄勤王的各路诸侯。周幽王只知道她笑一下就倾国倾城，可他没想到，就在他们胡闹的时候，胡人兵马卷起的烟尘已经冲进了周天子的亭台阁楼。

现在知道胡曾这个人的不多，他属于小众诗人。但是，在晚唐时期，他的诗篇也曾经广为传颂。他最擅长的，就是咏史诗。他的咏史诗基本都是以地名做题目，吟咏当地的历史名人和历史大事。比如，《南阳》吟咏诸葛亮躬耕，《乌江》吟咏项羽自刎，这首《褒城》

---

① 在陕西省西安市临潼区东南。骊山上发生过很多故事，传说周幽王在这里烽火戏诸侯；秦始皇在其北麓（lù）修建秦始皇陵；唐玄宗和杨贵妃经常来这里的华清宫泡温泉；西安事变时蒋介石在此地被捉。

则是吟咏褒姒"烽火戏诸侯"的故事。很明显，在胡曾看来，周王朝败亡的根源，就在于周幽王为博美人一笑，烽火戏诸侯。既然如此，我们的问题也就来了。

第一，褒姒为什么不肯笑？难道就因为她性格高冷，一心要当冰美人吗？这样理解当然不能算错，但是，未免失之于简单了。褒姒为什么不肯笑？因为她其实是个战利品，是她的母国为了求和而献给周幽王的礼物。这还得从褒姒这个名字说起。现在我们看褒姒，肯定以为此人姓褒名姒。但是，这是当代人的命名习惯，在中国古代可并非如此。上古时期，女性只有小名，没有大名，而小名是不能告诉外人的。那怎么称呼她们呢？当时的礼法规定"妇人称国及姓"。说一个妇女的时候，应该是先说她的国名，再说她的姓。这样看来，所谓褒姒，就是来自褒国的一个姓姒的女子。要知道，姒姓可是夏朝的国姓，褒国①是大禹后代建立的国家，历史非常悠久。周武王伐纣的时候，褒国站在了周朝这边，跟周王朝的关系一直都很好。但是，到周幽王时代就不一样了。周幽王是个喜欢穷兵黩武的君主，打起仗来六亲不认。幽王三年（前779），他出兵讨伐褒国。褒国打不过，怎么办呢？就把褒姒送给了周幽王，以美女换和平。褒姒的确绝色，周幽王接到这么一份厚礼，果然就退了兵。想想看，敌人兵临城下，作为战利品带回来的姑娘，内心大概并不那么痛快吧？周幽王能够得

---

① 大禹本名叫姒文命，所以姒是夏朝的国姓。褒国是大禹分封的十几个姒姓部落之一，位置在今天陕西汉中褒河。历经夏商周三代，最终被庸国所灭，立国1500多年。夏商周三朝都非常看重褒国，利用它的位置来控制巴蜀的经济、交通。

到她这个人，却无法得到她的心，整天看着她那张艳若桃李而又冷若冰霜的脸，周幽王真是爱也不是，恨也不是。

那么，褒姒在嫁给周幽王之前，又是哪家的女儿呢？《史记·周本纪》里，记载了一个流传很广的传说。据说，夏朝末年，夏桀在位的时候，有两条神龙来到朝廷前，口吐人言道："我们是褒国的两个先王。"夏桀觉得兹事体大，就让巫师占卜对策。巫师说，无论是杀掉龙、赶走龙还是留下龙，都不吉利。要想吉利，就必须得到这两条龙的龙涎（xián），也就是龙的唾液。听了神的旨意，夏桀赶紧向神龙祷告，这两条神龙果然留下龙涎，缓缓离开了。夏桀就用匣子把龙涎装起来，秘密收藏。后来，夏朝不是被商朝灭亡了吗？这匣子就传到了商朝。等到商朝被周朝所灭，这匣子又传到周朝。历经三个朝代，从来没有人敢打开它。直到有一天，匣子传到了周厉王手里。周厉王是个昏君，好奇心过于旺盛，让人打开看看。没想到，匣子刚一打开，黑色的龙涎就流了出来，在王庭之中到处流淌。周厉王吓坏了，赶紧叫人驱邪。龙涎变成了一只黑蜥蜴，窜到后宫里，乱蹦乱跳。正好有个七八岁的小宫女走了出来，一个躲闪不及，这黑蜥蜴就钻到了她的肚子里。这件事就这样不明不白地告一段落。又过了几年，这个小宫女长大了，无缘无故就怀了孕，生下来一个小小的女孩子。这不是什么光彩的事，小宫女也不敢声张，就把这小女孩扔到了路边。

当时，周朝正好流传着一首童谣，叫"檿（yǎn）弧箕（jī）服，实亡周国"。什么意思呢？山桑弓，箕木袋，是灭亡周国的祸害。这童谣多么不吉利啊，周王很忌讳，就到处抓卖这两样东西的人。有一对夫妇正好干这一行，听说之后赶紧逃跑。就在逃跑的过程中，看到了这个被扔在路边的小女孩。夫妻俩心软，就收养了她，带着她逃到了褒国。她长大之后，居然出落成一个绝色美女。后来，周幽王攻打褒国，褒国国君没办法，在国内征集美女献给周幽王，中选的褒姒，就是当年那个感龙涎而生的小女孩。

这个故事太过离奇，现代人看了肯定会认为它是假的。世界上哪有什么神龙？更不用说神龙吐出龙涎，感生美女了，这不过就是古代帝王传说的一种变体而已。汉高祖刘邦不也有斩蛇起义[1] 的传说吗？说刘邦是赤帝之子，也就是赤龙的儿子。古代人迷信，凡是出了大人物，不管是好是坏，都认为他不是凡人。刘邦能建立汉朝，当然是大人物，所以是龙子；而褒姒能灭亡周朝，也是大人物，所以也跟龙有关系，是龙涎幻化而成。这种传说听听就好，不必当真。不过，虽然龙涎感孕是假的，但是，这个传说中有真实的部分。真在哪里呢？首先，褒姒确实不是姓褒名姒，而是出身于夏朝后裔建立的褒国；其次，褒姒很可能并非褒国的公主，而是专门为周幽王海选出来的美女，戴上一顶公主的帽子，跟周幽王和亲来了。

不情不愿的褒姒冷着一张脸，来到了周朝。人真是一种奇怪的生物，越是得不到的，就越有吸引力。周幽王受了褒姒的冷落，不仅不怪她，反倒觉得她独具魅力，天天想着怎么逗她笑。逗笑的方式大

---

[1] 据《史记·高祖本纪》记载，有一次汉高祖刘邦醉酒，路遇大蛇挡道，将其斩为两段。后来人们在这里看到一老妇哭道："我儿子是白帝的儿子，化成蛇挡道，被赤帝的儿子斩杀。"于是，人们纷纷认为刘邦是赤帝的儿子，是天命所归，更加愿意跟随他起义抗秦。

家都知道，就是烽火戏诸侯。

那么第二个问题就来了，烽火戏诸侯是真的吗？烽火戏诸侯的故事，在历史上确实有据可查。据《史记·周本纪》记载，周幽王为了博得褒姒一笑，想出来一个主意，这个主意不是立足自身，而是打在了周朝的诸侯王身上。当年，周王朝分封了许多诸侯国，这些诸侯国的国君都有义务保卫周王朝，为周王朝出兵打仗。古代通信不发达，万一真有敌兵进犯，怎么才能让各位诸侯王知道呢？周王朝设立了好多烽火台，遇到紧急情况，就点起烽火，诸侯看到烽火，就要出兵勤王。当时周王朝正受到少数民族犬戎的威胁，所以光是在骊山，就设立了好多烽火台。这一天，周幽王把褒姒带到了骊山的烽火台上，点起烽火。诸侯一看见烽火狼烟，以为是犬戎进犯，都带着兵急急忙忙赶来了。来到骊山一看，连敌人的影子都没有，只有周幽王带着褒姒在山上饮酒作乐。看到诸侯王们大惑不解的样子，周幽王轻轻松松地说："辛苦诸位了，没什么敌人，只是王后没看见过烽火，我想给她看看，你们回去吧。"诸侯王们虽然气得七窍生烟，但是又敢怒不敢言，只好灰溜溜地回去了。

可能有人不明白，点烽火、戏诸侯有什么好笑的？谁会这样哄女朋友呢？其实，这件事真正的意义既不在于烽火，也不在于诸侯，而在于周幽王的权力。周幽王是在向褒姒炫耀，这么多诸侯王，我招之即来，挥之即去，多么厉害！古往今来，好多男性都有类似想法，觉得只要自己是个厉害角色，女人们就会无条件爱上他。面对周幽王的这种自信，褒姒做何反应呢？她不知道是真的喜欢上了周幽王的说一不二，还是仅仅觉得无论是周幽王的孔雀开屏也罢，或是诸侯王的没头苍蝇乱撞也罢，都显得好傻，总之居然嫣然一笑。这一笑，把周幽王的心都笑化了。既然王后喜欢这个，以后就这么办了！于是他三番五次地点烽火，召诸侯。诸侯上过几次当之后，都知道周幽王是在耍弄他们，干脆不来了。后来有一天，犬戎真的打过来了。周幽王慌忙点起烽火，却再也无人响应。结果，周幽王被犬戎杀死，褒姒也被犬戎俘虏，西周政权就此结束，这就是所谓的"烽火戏诸侯"，其实也就是中国版的"狼来了"的故事。烽火戏诸侯既然是由褒姒而起，它也就成了褒姒的最主要罪证，让褒姒背了几千年的骂名。

问题是，烽火戏诸侯是真的吗？很可能不是。因为烽火台这种装置真正通行起来，已经是在与匈奴殊死搏斗的秦汉时期，西周比秦汉早了好几百年，那时候根本就没有连绵不断的烽火台，怎么会用烽火戏诸侯呢？所以，比《史记》更早的《吕氏春秋》①记载这件事时，用的道具就不是烽火，而是战鼓。再说，就算是周幽王能够发出什么信号把诸侯王召集过来，那些诸侯王距离西周都城镐京②有的近，有的远，绝不可能同时到达，根本不会出现大家乱乱哄哄，一起聚在骊山脚下的场面，怎么可能因此博得褒姒一笑？换言之，按照当时的客观条件，烽火戏诸侯断无实现之理。

第三个问题，既然没有烽火戏诸侯，西周为什么会灭亡呢？这件事还真的跟褒姒有关系。褒姒并不是周幽王的第一个王后。在褒姒之前，周幽王已经立了一位申后，也就是来自申国的王后。

_____

① 战国末期秦相吕不韦召集门客共同编写而成。

② 故址在今陕西省西安市长安区西北。

申后生了一个儿子，名字叫宜臼（jiù）。本来，周幽王已经立了宜臼当太子，可是，自从褒姒来了以后，申后就失宠了。更要命的是，褒姒虽然不喜欢周幽王，但还是跟他生了一个儿子，取名叫伯服。伯是排行老大的意思①，很明显，周幽王是打算把伯服算作自己的嫡长子，让宜臼靠边站了！果然，此后不久，周幽王就废了申后和太子，改立褒姒当王后，伯服为太子。这下可就酿成大错了。

我们讲娥皇、女英的时候提到过，上古时期都是政治联姻，申后可不是一个孤零零的弱女子，她背后还站着一个强大的申国。申国为周王朝屏蔽北方的犬戎，地理位置重要，军事力量也特别强大。此刻申后被废，申国侯的外孙也当不成太子，这不是损害了申国的利益吗！申侯一气之下，干脆联合老对手犬戎，直奔镐京杀了过来。本来申国就够厉害了，再加上一个犬戎，周幽王完全没有招架之力，只能是国破家亡，身首异处。褒姒呢，也因此成了犬戎的俘虏，不知所终。周幽王一死，申国侯的外孙宜臼接了班，史称周平王。周平王在西边立足不住，迁都洛阳，从此西周也就演化成了东周。从这个角度讲，《诗经》所云"赫赫宗周，褒姒灭之②"，也并非完全没有依据。

---

① 古人用伯仲叔季来表示兄弟排行的次序，伯是老大，仲是老二，叔是老三，季是老四。孔子在家中排行第二，他的字里便有个"仲"字，叫仲尼。

② 《诗经》将褒姒描绘为西周灭亡的罪魁祸首。其中的《瞻卬（zhān yǎng）》《召旻（shào mín）》《正月》《十月之交》等篇目，都批评了褒姒。《瞻卬》里说"哲夫成城，哲妇倾城。懿厥哲妇，为枭为鸱（chī）"，批评褒姒这样的女子虽有倾城容貌，却是红颜祸水，就像枭和鸱这两种鸟一样邪恶，会祸乱朝廷。而《正月》则直接控诉"赫赫宗周，褒姒灭之"，辉煌显赫的周朝，因褒姒而灭亡。

二王并立

周幽王死后，申侯等人立周幽王的原太子宜臼于申，是为周平王。与此同时，周幽王的儿子余臣（一说为幽王的弟弟）也被其他人拥立为携王。于是出现了二王并立的局面。平王十一年（前760），携王被晋文侯杀掉。

周王朝本就在这次犬戎之乱里元气大伤，二王并立的局面又进一步削弱了周王朝的统治。周王朝自此走向衰落。

关于这件事，2008 年清华大学获赠的一批战国竹简可以为证。烽火戏诸侯的故事出自《史记》，但这批竹简完全没写烽火戏诸侯，而是只记载了申侯主动联络犬戎，攻打镐京的来龙去脉。为什么我们更相信竹简，而不是大名鼎鼎的《史记》呢？因为这批竹简是战国时代的，而《史记》则出自西汉司马迁之手。记载同一件事情，时间在先的胜过时间在后的，这也是史学界的一个基本原则。

故事讲到这里，大家应该已经明白了。褒姒的问题到底出在哪里呢？其实不在于她引发了烽火戏诸侯，而在于她被献给了周幽王，而周幽王又爱上了她，还因此废掉了原来的王后和太子，损害了王后娘家的利益，这才招来滔天大祸。既然如此，生活在今天的人们难免会有点不平：这一切都不是褒姒能够左右的，凭什么让她负责呢？

当年，鲁迅先生对此有相当犀利的点评："历史上亡国败家的原因，每每归咎女子。糊糊涂涂的代担全体的罪恶，已经三千多年了。"鲁迅先生还说："我一向不相信昭君出塞会安汉，木兰从军就可以保隋；也不信妲己亡殷，西施沼吴，杨妃乱唐的那些古老话。我以为在男权社会里，女人是决不会有这种大力量的，兴亡的责任，都应该男的负。但向来的男性的作者，大抵将败亡的大罪，推在女性身上，这真是一钱不值的没有出息的男人。"

鲁迅先生的说法带着他特有的辛辣，当然也绝不是无懈可击。比如说，我们应该承认，宫廷女性对政治并非毫无影响；我们也不宜过于笼统地对男性进行攻击。但是，尽管如此，我们还是要承认，这是对"红颜祸水"这一说法最有意义，同时也是最有力量的反驳。"红颜"可以属于一切时代，但"红颜祸水"只属于男权社会，我们需要理解它的历史内涵，但是，在现实生活中，请一定把它扔到垃圾箱里，再不要信它。

【思考历史】

◇ 请思考周王朝为何走向灭亡？诸侯分封制存在什么问题？

◇ 古人说红颜祸水，你怎么看待这一说法？

鸳鸯君子 南田谓鸳草本茂于莫
难拟荷心生弱而壁劲非用中峰殊难得
生趣余与生茸而废念心邪後故翚

褒姒结束了西周，历史也就进入了东周时代。东周又分为春秋和战国两个时期。春秋时期的一个时代特点就是结盟。结盟的实质自然是诸侯国之间的政治交易，但表象却往往是男婚女嫁、秦晋之好，女性就这样走上了春秋的历史舞台。本文的主人公庄姜，也是政治婚姻中的一方，她同时还有另外一重身份——春秋时期第一白富美。其实，说她是春秋时期第一白富美还是贬低了庄姜，她更应该得到的头衔，是中国第一白富美。可能有人会想，这也太夸张了吧？我们中国有四大妖姬——妹喜、妲己、褒姒、骊姬，还有四大美女——西施、昭君、貂蝉、杨贵妃，难道这些美女都不如庄姜吗？确实不如。

有诗为证。这首诗是《诗经·卫风·硕人》：

shuò rén qí qí　　yī jǐn jiǒng yī　　qí hóu zhī zǐ　　wèi hóu zhī qī　　dōng gōng zhī
硕人其颀，衣锦褧衣。齐侯之子，卫侯之妻，东宫之
mèi　　xíng hóu zhī yí　　tán gōng wéi sī
妹，邢侯之姨，谭公维私。
shǒu rú róu tí　　fū rú níng zhī　　lǐng rú qiú qí　　chǐ rú hù xī　　qín shǒu é
手如柔荑，肤如凝脂，领如蝤蛴，齿如瓠犀，螓首蛾

méi qiǎo xiào qiàn xī měi mù pàn xī
眉。巧笑倩兮，美目盼兮。

shuò rén áo áo shuì yú nóng jiāo sì mǔ yǒu jiāo zhū fén biāo biāo dí fú yǐ
硕人敖敖，说于农郊。四牡有骄，朱帻镳镳，翟茀以

cháo dà fū sù tuì wú shǐ jūn láo
朝。大夫夙退，无使君劳。

hé shuǐ yáng yáng běi liú guō guō shī gū huò huò zhān wěi bō bō jiā tān jiē
河水洋洋，北流活活。施罛涉涉，鳣鲔发发，葭菼揭

jiē shù jiāng niè niè shù shì yǒu qiè
揭。庶姜孽孽，庶士有朅。

　　这首诗的主题是美人出嫁。这个美人给人的第一观感是什么？其实诗题就告诉我们了——她是"硕人"。所谓硕人，就是身材高挑的女孩子。庄姜是齐国的公主，今天的齐鲁大地仍然盛产美女，而且是那种高挑、端庄的美，不是网红脸，也不是小鸟依人，而是站在那里就有存在感，自带一副大女主的派头。

　　那么，这个昂然挺立的大女主究竟是什么来头呢？第一段写得清清楚楚。"硕人其颀，衣锦褧衣。齐侯之子，卫侯之妻，东宫之妹，邢侯之姨，谭公维私。"什么意思呢？好个修长的女郎，麻纱罩衫锦衣裳。她是齐侯的爱女，她是卫侯的新娘，她是太子的胞妹，她是邢侯的小姨，谭公也是她的姐妹的丈夫。这一段诗句让人明白，这位美女真来头不小，在她身上包围着四重光环。

　　先看娘家这边。庄姜的第一重保护伞是她的父亲齐侯。所谓齐侯指的是齐庄公，齐庄公本身不是一个特别有名气的君主，但齐国可是春秋时期数一数二的大国。当年，姜太公辅佐周文王、周武王父子建立周朝，功莫大焉，自然成了第一批封土建国之人，他受封建立的诸侯国就是齐国。到春秋时期，周王朝没落了，但是齐国并没有没落，

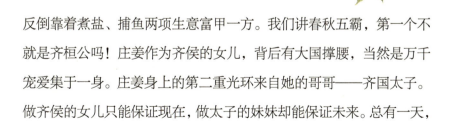

秦晋之好

　　晋国在秦国的东边，控制着秦国东出的战略要地。秦穆公要对抗犬戎，无力与晋国开战，为示好，求娶了晋献公的女儿。

　　晋献公去世后，几个儿子争夺皇位。秦穆公觉得有机会把控晋国国政，便帮助晋公子夷吾回国即位（是为晋惠公）。其间，又借粮给晋，帮助其度过荒年。

　　后来，秦国发生饥荒，向晋惠公借粮，没成想，晋惠公反而借机攻打秦国。最终，秦穆公统兵大败晋国。晋惠公不得不割让城池给秦，并将太子圉（yǔ）送去秦国为质。秦穆公则将女儿怀嬴嫁给公子圉。

　　之后，晋惠公病重，太子圉抛下妻子，偷偷回国即位。秦穆公大怒，与流亡在外的晋公子重耳联姻，并扶持他登上晋国皇位，是为晋文公。

　　秦晋两国多次联姻，虽然背后不算真的美好，但人们还是习惯用"秦晋之好"泛指两家联姻。

反倒靠着煮盐、捕鱼两项生意富甲一方。我们讲春秋五霸，第一个不就是齐桓公吗！庄姜作为齐侯的女儿，背后有大国撑腰，当然是万千宠爱集于一身。庄姜身上的第二重光环来自她的哥哥——齐国太子。做齐侯的女儿只能保证现在，做太子的妹妹却能保证未来。总有一天，齐侯要老去，那个时候，接班人就是现在的太子。庄姜可不是庶出的女儿，她是太子的同胞妹妹，就算日后老爸去世，她还有亲哥哥罩着，怕什么呢？庄姜的第三重光环是她的姐夫邢侯和谭公。庄姜的姐姐，一个嫁给了邢国的国君，也就是邢侯；一个嫁给了谭国的国君，也就是谭公。这都是多么高贵的亲戚！有了这些亲戚的维护，庄姜的地位可不就是万无一失了吗！

再看婆家这边。庄姜嫁给了卫侯，也就是卫庄公。卫国也是个非常厉害的诸侯国，当初周武王伐纣，灭了商朝，怎么处理剩下来的商朝遗民呢？周公决定，就在商朝原来的首都朝歌建立卫国，安置商朝遗民。派去的统治者，是周公最小、最疼爱的弟弟康叔，这就是卫国的首任国君。这样的婆家才配得上她的娘家，这是高层次的门当户对。事实上，"庄姜"这个称号，正是由婆家和娘家组合而成——所谓庄，是她丈夫卫庄公的谥号①，而姜，则是她娘家的姓。有这样显赫的家世背景，庄姜自然是大家风范，气度不凡。

可是，我们说她是中国第一美女，自然不能光讲气质和家庭背景，还得有外貌作为硬支撑。庄姜长相如何呢？第二段写得精彩绝伦。"手如柔荑，肤如凝脂。领如蝤蛴，齿如瓠犀，螓首蛾眉，巧笑倩兮，美目盼兮。"这一串比喻太妙了。庄姜的手像柔荑，柔荑是什么？是茅草初生的嫩芽。《红楼梦》第四十九回，大观园一下子新来了四位小姐，小丫头们都去看热闹，晴雯夸得最有水平，她说："大太太的一个侄

---

① "谥"是封建时代在人死后按其生前事迹评定褒贬后给予的称号。比如"隋炀帝"的谥号"炀"就不是一个好的谥号。

女儿，宝姑娘一个妹妹，大奶奶两个妹妹，倒象一把子四根水葱儿。"想想看，这柔荑可不就是水葱儿的感觉？又尖又细，嫩生生的。庄姜的皮肤像凝脂，凝脂是什么？是凝结的油脂，想想看，那是多么白嫩，多么细腻的感觉呀。她的脖子像什么？像蝤蛴，也就是天牛的幼虫。现代人离自然越来越远，很多人都没见过天牛了，但是只要在互联网上搜索一下你就会发现，天牛的幼虫长得又白又圆，身体还一节一节的，有点像蚕宝宝。想来，庄姜绝非瘦骨嶙峋，而是一个有点婴儿肥的美女，只有那种带点婴儿肥的圆脖子，才能被比作蝤蛴。她的牙齿像瓠犀，瓠犀是什么？是瓠瓜的子，又小又白又整齐。她的额头和眉毛像什么？她是螓首蛾眉，所谓螓，是一种像蝉一样的昆虫，头又宽又方正；所谓蛾，则是蚕蛾，蚕蛾的触角又弯又长。也就是说，她的额头开阔饱满，她的眉毛又细又弯。这一串比喻，在我们今天看来多新鲜啊。我们现代人，绝不可能把美女一会儿比成植物，一会儿比成动物油，一会儿又比成昆虫吧？我们活得太文明了，几乎跟大自然切断了联系，偶尔看到一只小虫子，都会吓得叫起来。可是，我们的祖先不一样，他们就生活在一个有瓠瓜、天牛和蚕蛾的自然世界里，他们的审美，就来自自然，他们心中的美人，正是集合了自然界的全部优点，才显得那么精妙无双。可是，诗人使尽浑身解数才想出来的这一连串比喻再美，也美不过最后两句："巧笑倩兮，美目盼兮。"没有这嫣然一笑、秋波一转，这美人就是一幅画，一尊塑像，只有形，没有神。而一旦有了"巧笑倩兮，美目盼兮"，这美人就活了。白居易在《长恨歌》中说，"回眸一笑百媚生，六宫粉黛无颜色"，能让六宫后妃黯然失色的，不就是这"巧笑倩兮"中蕴含的妩媚与灵动吗！

所以，清朝的大学者方玉润说："千古颂美人者，无出'巧笑倩兮，美目盼兮'二语。"我说庄姜是中国第一白富美，道理也就在这儿。

如今，这位绝世白富美要出嫁了，诗的后两段，讲的就是她出嫁的场面。

　　shuò rén áo áo　　shuì yú nóng jiāo　　sì mǔ　　yǒu jiāo　　zhū fén biāo biāo　　dí fú yǐ
　　硕人敖敖，说于农郊。四牡①有骄，朱幩镳镳，翟茀以
cháo　　dà fū sù tuì　　wú shǐ jūn láo
朝。大夫夙退，无使君劳。

　　hé shuǐ yáng yáng　　běi liú guō guō　　shī gū huò huò　　zhān wěi bō bō　　jiā tǎn jiē
　　河水洋洋，北流活活。施罛濊濊，鳣鲔发发，葭菼揭
jiē　　shù jiāng niè niè　　shù shì yǒu qiè
揭。庶姜孽孽，庶士有朅。

什么意思呢？好个高挑的新娘，婚车歇在农田旁。看那四马多雄健，红绸系在马嚼上，华车徐徐向朝堂。诸位大夫早退朝，今朝莫让君王劳。

黄河之水白茫茫，北流入海浩荡荡。下水渔网哗哗动，戏水鱼儿唰唰响，两岸芦苇长又长。陪嫁姑娘身材棒，随从男士貌堂堂！

这个婚礼多完美呀，娘家做了最好的安排，有高车大马，有丰厚的陪嫁，还有跟她一起过来的媵妾和侍从。婆家也做了最充分的准备，连大臣们都相互打招呼：今天国君有大事，咱们别烦他了，让他早点退朝，好好休息！如此完美的新娘，如此完美的婚礼，就像我们小时候都听过的王子和公主的故事，从此，公主就要过上幸福的生活了。

---

① 古代用牝牡区分鸟兽的雌雄，牝指雌性，牡指雄性，"四牡"在这首诗里指四匹雄马。

是不是呢?

如果是，那就是童话故事了，而我们讲的是历史。历史是过去的生活，而生活，永远不乏意外。对庄姜而言，最大的意外，就是她的夫君卫庄公一点都不喜欢她。她如此完美，怎么会不喜欢呢? 大概爱情就是这么无厘头吧，喜欢，说不上是为什么；不喜欢，还是说不上为什么。庄姜和卫庄公奉行的，是春秋时代贵族联姻的原则，这种婚姻，只保证利益共享，但不保证两情相悦。美貌的庄姜并不得宠，无宠又导致了无子，而无子的结果自然就是夫君进一步的冷淡和再娶。

娶了谁呢? 卫庄公又娶了陈国的一对姐妹花——厉妫（guī）和戴妫①。厉妫生了一个儿子，取名孝伯，戴妫也生了一个儿子，取名完。一时之间，卫国的后宫，变成了陈国公主的天下，而身为正妻的庄姜，倒成了一条被晾在岸上的咸鱼。连卫国的百姓都忍不住怜悯她，怜悯她美丽而得不到爱慕，贤惠而收不到回报，他们甚至担心着她的未来，这位王后会面对怎样的结局呢? 据说，《硕人》这首诗正是在这种情况下才传唱开来的，这就是《毛诗序》中所讲的成诗背景："《硕人》，闵（mǐn）庄姜也。庄公惑于嬖（bì）妾，使骄上僭（jiàn）。庄姜贤而不答，终以无子，国人闵而忧之。"

知道了事情的来龙去脉，再回头看《硕人》，是不是能读出一些不一样的味道? 诗中的描写多美啊，但从头到尾，始终是旁观者的叙

---

① "妫"是陈国的国姓，"厉"和"戴"不是姓也不是名，是这两位女子死后的谥号。

述，没有"求之不得，寤寐（wù mèi）思服"的渴望，没有"悠哉悠哉，辗转反侧"的悸动，更没有"窈窕淑女，琴瑟友之"的期盼①。一篇《硕人》，始终是庄姜的独角戏，让再惊人的美都带着几许悲凉的味道。

那么，庄姜的故事是不是到此结束了呢？并没有。后来，事情又有了转机。厉妫生的公子孝伯早夭，而戴妫生下儿子之后不久就因病去世，她的儿子公子完没了母亲。怎么办呢？庄姜毕竟是大国之女，卫庄公的正妻，孩子的嫡母，所以，卫庄公就让庄姜抚养这个孩子，而庄姜也从公子完身上获得了莫大的安慰。卫庄公死后，公子完顺理成章地接班，史称卫桓公。母以子贵，有了卫桓公，庄姜也就晋升一级，成了太后。看到这里，恐怕很多读者朋友都松了一口气，觉得她总算是苦尽甘来了。

是不是呢？仍然不是。新的意外又出现了，卫桓公被自己同父异母的弟弟杀死了。卫庄公和那个时代的大多数君主一样，身边永远不乏美女。他并不是只有厉妫和戴妫两个妾，也不是只有公子完一个儿子。卫庄公晚年，最宠爱一个叫州吁（xū）的儿子。州吁爱好军事，卫庄公不但不加以禁止，反而让他带兵。当时就有大臣石碏（què）劝诫卫庄公说：一个人若是喜欢自己的儿子，就应教他走正道。如果您准备改立州吁做太子，那就应该定下来；如果既不让他当太子，又不约束他，那迟早会酿成大祸。卫庄公不听，于是，州吁也就越发骄横跋扈。卫桓公即位之后，觉得州吁在身边迟早是个祸患，就罢

---

① "求之不得，寤寐思服""悠哉悠哉，辗转反侧""窈窕淑女，琴瑟友之"均出自《诗经·关雎》。

州吁的结局

　　州吁因为弑君上位导致民心尽丧。他的亲信石厚决定去找自己的父亲石碏指点一二，看如何才能获得民心所向。

　　石碏设下计谋，声称新君只要拜见周天子，得到天子的认可，就能让天下信服。那怎么才能见到周天子呢？石碏建议去找陈桓公引荐，因为陈桓公深得周天子信赖。

　　州吁和石厚大喜，果真去拜见陈桓公。谁料，石碏早已派人知会陈桓公，趁机杀了州吁，并将儿子石厚大义灭亲。

免了他的官职。州吁于是逃跑了，卫桓公也没有再斩草除根。结果，州吁在卫国之外结交了一些卫桓公的反对派，他们奔回卫国，杀死了卫桓公。卫桓公是春秋时期第一个遭到杀害的君主，这也开创了一种新的时代风气，从此之后，弑君废君就逐渐成了常态。这是卫桓公之死对整个中国历史的影响。那么，这件事对庄姜的影响又如何呢？卫桓公一死，庄姜也就失去了她在卫国的最后一个依靠。论身份，她仍然是卫国的太后，但是，这只是一个泥菩萨的龛位，内里无论如何都是虚的。

　　这时候再回头去看《硕人》，你会发现，这真是一个看到了开头，却猜不到结尾的悲剧故事，这种故事我们的古人见多了，还总结出了一个"红颜薄命"的成语。庄姜确实红颜薄命，但是，她跟一般的薄命红颜还不一样，因为她写诗。

在那些备受冷落、倍感煎熬的日子里，她一直在写诗。写什么呢？如果我们相信南宋大理学家朱熹的推测，现存的《诗经》中，有五首都是她写的。她说"终风且暴，顾我则笑。谑浪笑敖，中心是悼"，风儿猛吹多狂暴，有时冲我笑一笑，一会儿调戏一会儿闹，让我内心更寂寥。这是讲丈夫善变的。她还说，"薄言往愬（sè），逢彼之怒"，我打算跟他去倾诉，没想到正赶上他暴怒。这是讲丈夫暴躁的。她又说，"日居月诸，下土是冒。乃如之人兮，逝不相好"，太阳月亮放光芒，光辉普照大地上，可是竟有这种人，背义和我断来往。这是讲丈夫无情的。但是，无论丈夫如何，她终究不只是一位妻子，她更是春秋时代一个背负着政治联姻使命的王后，她不会，也不应该随着丈夫的节奏翩翩起舞。所以，她说"我心匪石，不可转也！我心匪席，不可卷也！威仪棣棣（dì），不可选也！"什么意思呢？我心并非卵石圆，不能随便来滚转；我心并非草席软，不能任意来翻卷。雍容娴雅有威仪，不能荏弱被欺瞒。这一篇叫作《柏舟》，后来，人们一直用它来讲节妇的操守，再到后来，人们甚至用它来代表烈士的决心。

甚至到她的儿子卫桓公死后，她还在写诗。那时候，来自陈国的厉妫已经在卫国待不下去了。她的亲生儿子死了，她的外甥卫桓公也死了，她又不是正妻，更没有依傍，就决定回到母国陈国去。这时候，庄姜亲自到郊外去送她，写道："燕燕于飞，差池其羽。之子于归，远送于野。瞻望弗及，泣涕如雨。"燕子燕子飞翔，参差舒展翅膀。

清末民初 王震 《杨柳飞燕》◎

妹妹今日还家，相送郊野路旁。瞻望不见人影，泪落纷纷如雨。当年，厉妫得宠的时候，庄姜未必没有伤感过，可是，两人毕竟又一起经历了那么多风风雨雨，所以，庄姜最后送给她的，不是我们在后宫戏中看到的那种你死我活的仇恨，而是一种相濡以沫的温存。"之子于归，远送于野"，这是一种多么深沉的感情啊！所以，历来对庄姜的评价，都不仅仅是美，而是既美且贤。

可能有人会觉得，庄姜太完美了，既美丽，又贤德，还那么有才华，完美得这个世界都装不下了，所以才更不容易得到幸福吧。这真是一种误会，而且，现在好多人不负责任的宣传又在加深着我们的误会。在这样的观念之下，很多母亲甚至都在教导自己的女儿，你不要那么完美，那么强大，那样会把人吓跑。但事实并不是这样。庄姜的悲剧，并不来自她的完美，而是来自她的时代。事实上，她一直用完美来对抗命运。她的对抗当然没有成功，但是，她毕竟为自己留下了痕迹，这痕迹，便是直到今天还广为传颂的《硕人》《柏舟》《燕燕》。从这个角度来说，美和优秀绝不是女性的负累，恰恰相反，它是女性的力量，有力量才能抓铁有痕，否则，庄姜的故事为什么能穿透那么漫长的岁月，一直流传到今天呢？

【思考历史】

◇ 诗词里有不同的蛾眉，有"螓首蛾眉"的大家闺秀之美，也有"小山重叠金明灭，鬓云欲度香腮雪。懒起画蛾眉，弄妆梳洗迟"的慵懒之美。你还知道有哪些不同的蛾眉？

◇《诗经》是中国最早的诗歌总集，编定于春秋时期，共三百零五篇，分为"风""雅""颂"三大类，其中《风》有十五国风。《诗经·卫风》主要是卫国的民歌，里面除了《硕人》之外，还有一篇名篇《氓》，讲述的是与贵族女子庄姜完全不同的普通女子的故事。读一读《氓》，说一说你的感受。

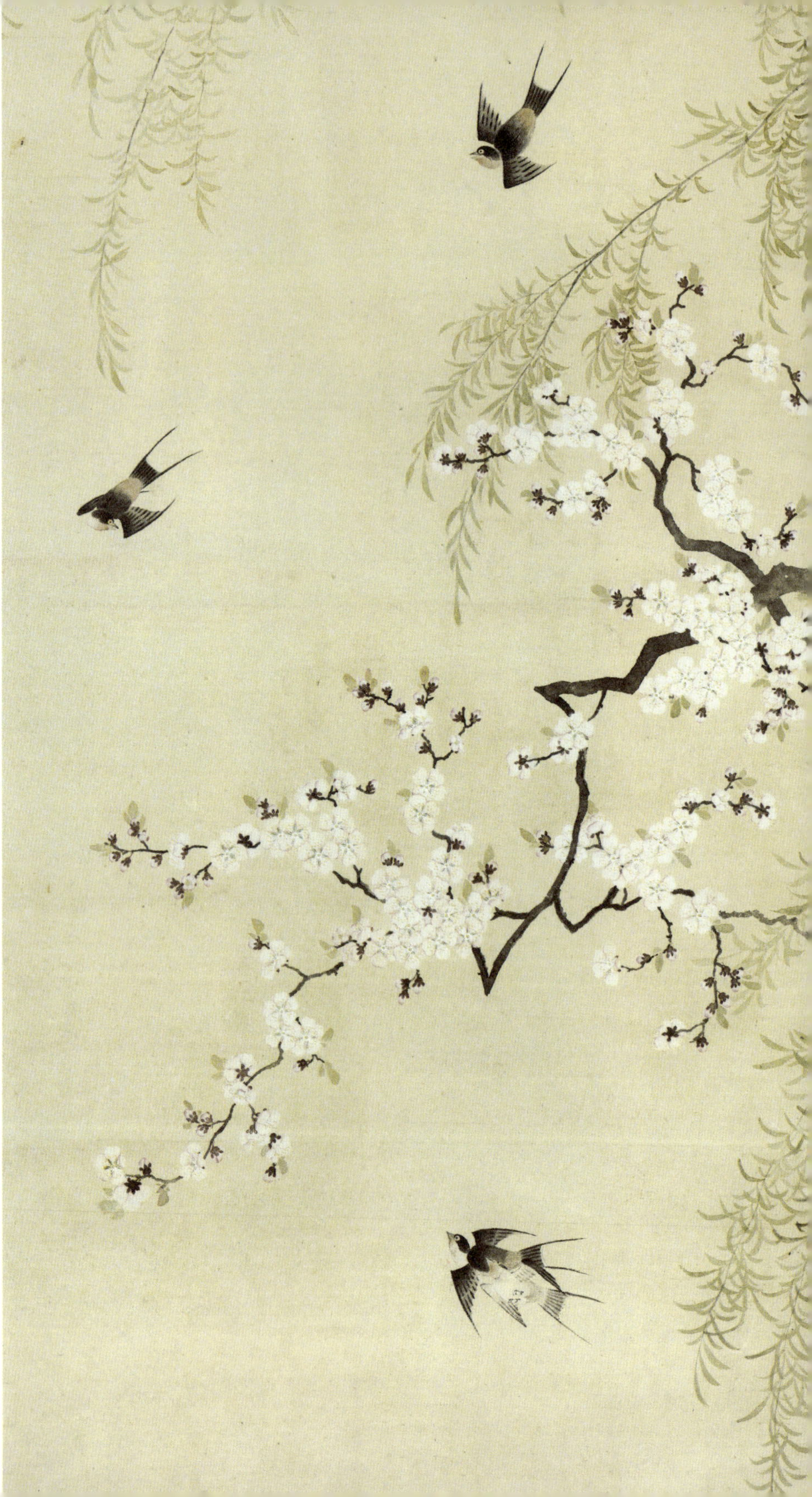

清 邹一桂《杏花燕子》◎

许穆夫人

　　德国哲学家雅斯贝斯说，公元前 800 年到公元前 200 年是人类文明的"轴心时代"。在这个时代，西方、中东、印度、中国都出现了一批先贤，如苏格拉底、以色列先知、佛教释迦牟尼、孔子等等，他们创立了各自的思想体系，搭建起了人类精神的根基。按照雅斯贝斯这一理论，春秋战国时期就是中国文明发展的轴心时代。在这个时期，中国人第一次拿起笔来，描述自己的生活，也审视自己的心灵。这些诗文在很大程度上塑造了中国人的精神传统，哪怕几千年过去了，我们还是能一眼看出来，那些诗文必定是出自中国人之手。本篇讲述的是中国古代第一个才女，伟大的爱国主义女诗人许穆夫人的故事，你读过就会发现，许穆夫人笔下的诗篇和身上的故事不仅属于她自己，也属于你我，属于从那时起直到今天的中国女性。

　　说到古代第一才女，可能有人会有疑问，"巧笑倩兮，美目盼兮"的大美女庄姜，不是也写诗吗？根据南宋大理学家朱熹的判断，诗经中的《燕燕》《柏舟》等五篇都是庄姜写的。这个说法确实存在，但并没有得到所有人的认可。许穆夫人则不然。她的诗篇班班可考，从古到今无人质疑，所以，我们才把中国古代第一位女诗人的桂冠，戴在许穆夫人头上。而且，更重要的是，许穆夫人不像一般的女诗人，只吟唱自身的悲欢离合；她的诗篇带有浓重的家国之恨，曾经挽救过自己处于危亡中的祖国。

许穆夫人是何许人呢？从母系的角度讲，她其实是庄姜的侄外孙女。她的母亲宣姜，是大美女庄姜的侄女。姜是齐国的国姓。齐国的美女可能都有点"硕人"那样的优秀基因，在春秋时代特别有名。《诗经·陈风·衡门》云："岂其食鱼，必河之鲂（fáng）？岂其娶妻，必齐之姜？"你若吃鱼就吃鱼，为什么非要吃黄河里的大鲂？你若娶妻便娶妻，为什么非得娶齐国的姜姓姑娘？从这句诗就可以看出来，姜姓女子在当时受欢迎的程度。

姜姓美女的第一位代表人物是庄姜，而第二位代表人物，则是庄姜的侄女宣姜。宣姜的人生经历，比传奇小说都要离奇复杂。刚到及笄（jī）之年 ①，宣姜就被许配给了卫国国君卫宣公 ② 的儿子公子伋（jí）。这本来是一桩门当户对的好姻缘，没想到卫宣公是个老色鬼，他听说宣姜漂亮，临时改变了主意。迎亲的时候，他让公子伋出使郑国，自己则李代桃僵，迎娶了这位漂亮的姑娘。可怜的宣姜，上车之前还以为自己嫁了一个英俊少年，下了车才发现，新郎已经换成了一

---

① 笄是束发用的簪子。古时女子年满十五岁就会把头发绾起来，戴上簪子，表示已经成年，这叫及笄之年。男子的话，成年则是戴上冠，叫弱冠之年。

② 州吁被杀后，卫国需要确立新的君主。朝堂大臣们经过商议，接回了在邢国做人质的公子晋，立他为君，就是卫宣公。

齐国是公元前 11 世纪周成王（周武王的儿子）时周公（周武王的弟弟）东征后分封的诸侯国。在今山东北部，建都营丘（后称"临淄"，今山东淄博市临淄区北）。开国君主是姜姓，吕尚，字尚父，也有说法字子牙（也就是我们熟悉的姜子牙）。

吕尚到底是姓姜还是姓吕呢？

在古代姓氏包含姓和氏，二者不同，同一个姓随着后代开枝散叶，会细分出不同的氏来。吕尚先祖姓姜，后被封在吕地，所以吕尚的姓是姜，氏是吕。

齐国国姓姜姓

个跟自己爸爸岁数差不多的老头子。但政治联姻就是这样，只看国家不看人，没办法，宣姜也只好接受下来，成了卫宣公的妻子。这就是宣姜这个称号中"宣"字的由来。现在《诗经》中还有一首《新台》，讽刺的就是卫宣公父纳子妻的丑事。

宣姜嫁给卫宣公之后，生了两个儿子，一个是公子寿，一个是公子朔。有了孩子，宣姜的心理也发生了变化，她希望自己的儿子能够成为卫宣公的接班人，这样一来，公子伋就成了她的眼中钉肉中刺。她经常在卫宣公面前说公子伋的坏话，终于有一天，卫宣公下定决心，要把公子伋干掉。他命令公子伋出使齐国，却又暗暗在卫国和齐国的边界埋伏下杀手。这本来是万无一失的勾当，可是谁也没想到，这个阴谋被宣姜的大儿子公子寿知道了。公子寿连忙赶路，追上了哥哥。他强拉着哥哥一起饮酒，把哥哥灌醉之后，自己穿上哥哥的衣服，带上哥哥出使用的白色旄（máo）节①，率先一步到达了边界。杀手看到有一位青年公子举着白旄来了，也不问青红皂白，上去就把他杀了。这时候，公子伋已经醒来，知道了弟弟的心意，也赶了过来，却还是晚了一步，只看到了弟弟的尸体。公子伋抚尸大哭，对杀手说："我才是你们要杀的公子伋，你们为什么要杀我的弟弟呀！"那杀手怎么办呢？他上来又是一刀，公子伋也倒在了血泊之中。这真是一出人伦悲剧，也被写进了《诗经》里，名叫《二子乘舟》。

这件事对宣姜打击非常大。虽然卫宣公很快就死了，她的小儿子公子朔也确实像她所期望的那样接了班，称为卫惠公，但宣姜始终郁郁不乐。然而，事情到这一步还不算完，还有更神奇的变故在等着她呢。卫惠公接班之后，很多卫国的贵族都不服气②，他们发动政变，想要推翻卫惠公。而宣姜的娘家齐国，为了让外甥赢得更多人的支持，居然逼迫宣姜改嫁给自己的庶子，也就是卫惠公同父异母的哥哥公子顽。这样一来，宣姜又成了自己亲生儿子的嫂子，这是多么混乱的关系啊。宣姜嫁给公子顽之后，又生了五个孩子，其中最小的一个，就是许穆夫人。这样荒诞不经的事情，即使在当时也为人不齿，宣姜也因此留下了淫乱的恶名，《诗经》里有一篇《墙有茨（cí）》，据说

① 古代使臣所持的符节。
② 因为公子伋被谋害，所以卫国贵族觉得卫惠公得位不正。

就是讽刺宣姜跟庶子私通。可是，公道地说，这出父子两代人的大戏，又有多少是宣姜可以控制的呢？她只不过是其中的一个傀儡罢了。

我为什么要在讲许穆夫人之前，先讲这么多她母亲的故事呢？倒不是喜欢八卦，而是想借宣姜的故事说清楚一个时代背景。春秋时期是一个诸侯国之间相互博弈的大时代，身处其中的贵族女子不过是政治工具而已。这是一种注定了的命运，母亲宣姜如此，女儿许穆夫人也不会例外。

许穆夫人长到及笄之年，跟母亲当年一样美丽。这个时候，齐国和许国都来求婚了。许穆夫人是个有见识的女孩子，她知道自己作为政治工具的命运，也愿意发挥自己最大的作用。她派人对国君说，齐国强大，距离卫国又近，而许国则又远又小。如今这个时代强者为王，若是日后卫国有什么危难，齐国是能帮上忙的，我嫁到那边去，不是能更好地报效母国吗？这本来是一番深谋远虑，可是，当时卫国的国君已经换上了卫惠公的儿子卫懿（yì）公。卫懿公从父系角度来讲是许穆夫人的堂兄，从母系角度来讲则是许穆夫人的侄子。他是一个目光短浅的人，想不到这么长远的事。他说，许国送来的彩礼比齐国多多了，还是钱要紧！于是，根本没理会许穆夫人的主张，就把她嫁给了许穆公。这就是许穆夫人名号的由来。

就这样，许穆夫人来到了许国。她是个多情的女子，经常登高远眺，思念祖国。她又是个有才华的女子，思念着，思念着，一首首诗篇也就从心中奔涌而出了。其中有一篇叫《竹竿》。

tì tì zhú gān   yǐ diào yú qí   qǐ bù ěr sī   yuǎn mò zhì zhī
籊籊竹竿，以钓于淇。岂不尔思？远莫致之。
quán yuán zài zuǒ   qí shuǐ zài yòu   nǚ zǐ yǒu xíng   yuǎn xiōng dì fù mǔ
泉源在左，淇水在右。女子有行，远兄弟父母。

钓鱼的竹竿啊又细又长，我曾经拿着它垂钓在淇水上。我难道
不思念家乡吗？可是回家的路太远太长。

泉源在左边流淌，淇水在右边奔腾，女子终究要出嫁，远离自
己的父母弟兄。

还有一首《泉水》：

bì bǐ quán shuǐ   yì liú yú qí   yǒu huái yú wèi   mǐ rì bù sī   luán bǐ zhū
毖彼泉水，亦流于淇。有怀于卫，靡日不思。娈彼诸
jī   liáo yǔ zhī móu
姬，聊与之谋。
chū sù yú jǐ   yǐn jiàn yú nǐ   nǚ zǐ yǒu xíng   yuǎn fù mǔ xiōng dì   wèn wǒ zhū
出宿于泲，饮饯于祢。女子有行，远父母兄弟。问我诸
gū   suì jí bó zǐ
姑，遂及伯姊。

清清的泉水静静地流，最终流进淇水里。淇水旁边就是我们卫国，
我没有一天不在想她！跟我一起嫁到许国的姐妹呀，咱们就一起聊聊
家乡吧。

当年出嫁的时候，我曾经歇宿在泲，后来又和送亲的人饯别在祢。
女子终究是要出嫁啊，远离自己的父母兄弟。替我问候姑姑们吧，也
问候家里的姐妹们。

这两首诗有一个共同的主题："女子有行，远父母兄弟"。这
不是许穆夫人一个人的慨叹，这可是中国古代千千万万女子共同的叹

息。中国自古奉行外嫁式婚姻，女孩子们刚一成年就要嫁到丈夫的家族，从此和生养自己的娘家渐行渐远。特别是贵族女子，背负着国家之间政治联姻的使命，更是很难再回到母国。《战国策》中一篇文章叫《触龙说（shuì）赵太后》，其中就有这样一段内容。赵太后虽然很爱自己的女儿燕后^①，但是每次祈祷的时候都说："请上天保佑我女儿，千万别让她回来吧。"为什么做母亲的要这样祈祷呢？因为古代诸侯的女儿嫁到别国，只有在被废或亡国的情况下，才能返回母国。这样看来，如果不发生意外，许穆夫人再思念家乡，思念亲人，也只能是望洋兴叹了。

可是，就像人们常说的那样，你永远也不知道意外和明天哪一个先到。公元前 660 年，意外发生了，许穆夫人有了一个回母国的理由。怎么回事呢？

如前所述，许穆夫人的堂兄卫懿公是一个外交上非常短视的人，在内政方面更是昏庸无能。卫懿公有一个很特别的爱好，喜欢养鹤。每每看到仙鹤卓尔不群、亭亭玉立的身姿，他就喜不自胜、如痴如醉。有道是上有所好，下必甚焉。卫懿公好鹤，那些想求官邀宠的官员就到处捕鹤，给他进贡。卫懿公的宫中到处都养着鹤，宫苑不够了，就不断扩建，这样一来，百姓的负担也越来越重。更荒唐的是，卫懿公还给鹤安排不同的官职，享受相应的俸禄；卫懿公出游，这些鹤也都分班侍从。他让鹤乘的车子，比朝中大臣所乘的还要高级，仙鹤

---

① 赵太后的女儿，因为嫁给了燕王，所以叫燕后。

大臣的车驾经过大街小巷时，所有的路人都必须得恭敬地闪避一旁。这不就是玩物丧志吗！

卫国北边的少数民族狄人听说卫懿公行为荒唐，人心不服，觉得有机可乘。公元前 660 年，北狄王率领大军突袭卫国。卫懿公闻讯大惊，赶紧下令征兵。可是，百姓早就受够了卫懿公的暴虐，他们说：既然仙鹤都享受大夫的俸禄，那就让大王派仙鹤去打仗好了！① 就这样，众叛亲离之下，北狄的士兵长驱直入，卫懿公也死于乱兵之中。

这个消息传到许国，许穆夫人真是悲痛欲绝。她苦苦请求丈夫许穆公出兵，帮助卫国赶走北狄。可是，许国本身就不是个强国，许穆公又是个胆小的人，他怕引火烧身，百般拖延，不肯出兵。这不正是当年许穆夫人联姻之前就想到的恶果吗！许穆夫人发现求丈夫没有用，干脆自己驾上车，率领着跟她一起嫁过来的姬姓女子，直奔卫国而去。想想看，在那么遥远的古代，那么一群从小娇生惯养的弱女子，驾着马，驱着车，奔走在陌生而又荒凉的土地上，该是多么悲哀，多么绝望啊。这不是"沧海横流，方显出英雄本色"那样的个人英雄主义，这是一种出嫁女儿对娘家、对母国义无反顾的眷恋和忠诚。这种眷恋和忠诚，即便在两千多年之后，还是那么令人动容。

可是，一个诸侯国国君的夫人跑回已经亡国的母国，这在当时是不合规矩的，所以，许穆夫人前脚刚走，许国的大臣们后脚就追上来了，他们对许穆夫人百般劝谏，有的劝她不要莽撞，三思而后行；

---

① 卫懿公因为爱鹤导致民心尽丧的故事，后来成为一个成语"爱鹤失众"，用于比喻因小失大。

卫懿公的幡然悔悟

兵临城下，卫懿公才知自己荒唐误国，幡然醒悟。他把佩玉和令箭分别交给两位大臣，交代他们守护卫国。把绣衣交给自己的夫人，命她凡事听从两位大臣安排。

接着，卫懿公换上戎装，领兵亲征。战场上，他不愿放弃自己的战旗，最终战死。

正因为他的幡然醒悟和为国战死，卫国人原谅了他的荒唐，给他的谥号是比较好的"懿"字。

有的劝她事已至此，别做无用功；还有的拿礼法约束她，告诉她父母不在了，诸侯的女儿就不能再回娘家。总之就是希望许穆夫人能够掉转车头，回到许国去。

怎么办呢？许穆夫人实实在在陷入了进退两难的境地。往前走吧，大臣们不允许；往回走吧，她又无论如何不甘心。她一会儿跟大臣们吵架，说他们不体谅她；一会儿又恳求他们，请他们放她回去。她把这些心情写进诗里，这就是："既不我嘉，不能旋反。视尔不臧，我思不远？既不我嘉，不能旋济。视尔不臧，我思不閟？[1]"

---

[1] 出自《诗经》中的《载驰》。意思是：既然不能赞同我，不能回国去帮忙。你们的主意并不好，我的思虑不远吗？既然不能赞同我，我不能渡河去帮忙。你们的主意并不好，我的安排不深远吗？

但是，无论如何不甘，她还是被许国的大夫们簇拥着，慢慢往回走了，她时而登上山岗，时而穿过原野。走着走着，一个从许穆夫人少女时代就一直萦绕在她心头的大国身影出现了。为什么不求齐国帮忙呢？虽然没能和齐国联姻，但是，齐国毕竟是卫国的舅舅家呀！她打算亲自跑一趟，她还对卫国的那些大夫说："大夫君子，无我有尤。百尔所思，不如我所之。"你们这帮大夫，别再整天埋怨我了。你们考虑一百次，不如我自己跑一次。

那么，许穆夫人到底有没有到齐国搬救兵？我们并不知道，甚至我们也不知道，她后来是否回到了许国，又如何走完这一生。我们只知道，齐国的国君齐桓公^①听说许穆夫人驱车救国的事情之后，非常感动，很快派出自己的儿子率领士兵三千、战车三百前往卫国参战。最终，卫齐联军打退了北狄，收复了失地^②。此后，卫国重新建国，又延续了四百多年，直到公元前 209 年才灭亡。从第一代国君康叔封国到末代国君卫君角被废为庶人，卫国立国前后长达八百多年，成为整个春秋战国时代存在时间最长的诸侯国。这里面当然也有许穆夫人为祖国载驰载驱，奔走呼号的贡献。

可能有人会好奇，这些事情已经过去两千多年了，你又是如何

---

① 齐桓公即位后任用管仲进行改革，国力富强，带领齐国一举成为"春秋五霸"之首。
② 《诗经》里有一首诗叫《木瓜》，"投我以木瓜，报之以琼琚（jū），匪报也，永以为好也"，你送我木瓜，我用美玉报答，不是报答，让我们永远交好。有人认为，这首诗是赞美齐桓公帮助卫国抵抗戎狄。宋朝大儒朱熹则认为这首诗是普通的赠物和表达回报的诗篇，或者是男女相互赠送礼物。

得知的呢？因为许穆夫人写了一首诗，名叫《载驰》。《载驰》的第一句，就是"载驰载驱，归唁（yàn）卫侯。"打起马来快快跑呀，我要回家去吊唁①卫侯。想想看，这种拯救娘家的心情，该是何等急迫！这种载驰载驱的举动，又是何等果决！

自古以来，人们都把《载驰》视为中国最早的爱国主义诗篇。可是，这首诗其实并不像后来我们经常会想到的那些爱国诗篇，它没有"黄沙百战穿金甲，不破楼兰终不还②"式的豪言壮语，也没有"人生自古谁无死，留取丹心照汗青③"式的慷慨悲壮，它其实只是一个外嫁女子椎心泣血的牵挂和飞蛾扑火一般的努力。许穆夫人甚至挣扎到最后也没能再回到卫国，但是，她仍然愿意赴汤蹈火。之所以如此，只是因为那是她少女时代垂钓的地方，那里有她挚爱的父母兄弟。"女子有行，远父母兄弟"，这真是一种太大的遗憾。即使一生不能再见到他们，她也永远愿意为他们"载驰载驱"，这就是中国古代妇女的家国情怀。日后，我们在王昭君身上，在文成公主身上，还能继续看到这种情怀的光芒。这就是因为爱而产生的力量，谁也别忽视这温柔而坚定的力量。

---

① 祭奠死者并慰问其家属。
② 出自唐王昌龄《从军行七首》。
③ 出自宋文天祥《过零丁洋》。

【思考历史】

◇ 齐国的庄姜嫁给卫庄公，齐国的宣姜嫁给卫宣公，都是政治联姻。这些婚姻不是建立在感情基础上，而是一种政治与外交的手段。这些尊贵的国君与贵族的女儿，是政治局势中的棋子与筹码。你认为古代的帝王为什么选择政治联姻？

春秋时期不仅仅是一个百家争鸣①的时代，也是一个诸侯争霸的时代。争霸战争的正面，当然是明君贤臣，文韬武略；争霸战争的背面，却也不乏鬓影衣香，美人心计。本篇讲述的便是中国第一个美人计②的主人公西施的故事。

西施参与的这次美人计可不是个小计谋，它关涉春秋末年吴越争霸的大问题。中国古代有春秋五霸的说法。哪五霸呢？说法之一是齐桓公、晋文公、楚庄王、吴王阖闾（hé lǔ）、越王勾践③。争霸战

---

① 春秋战国时期，随着"士"阶层的扩大，私人讲学风气的兴起，也因为长期文化的积累和发展，催生了儒、道、墨、名、法、阴阳、纵横等不同学说的诞生。大家探讨社会伦理、礼法制度、政治主张等，相互辩论，被誉为"百家争鸣"。

② 《三十六计》成书于明清之际，总结了古代的三十六种计谋，美人计位列其中。

③ 春秋霸主，为何有的是"公"，有的是"王"？这是因为周朝分封诸侯时，爵位分为五等：公、侯、伯、子、男。所以当时的大诸侯都称为"公"，比如齐桓公、晋文公、晋献公、郑庄公等。随着周王室的衰落，诸侯们开始称霸，并挑战周王室的权威，进而称王，所以有楚庄王、吴王、越王等。等到战国群雄并起，称王的便越来越多了。

蒲塘逸趣

清末民初 陆恢 《荷花》◎

争刚开始的时候，霸主还在中原；到了春秋末年，霸气就逐渐往东南移动了。当时长江下游地区有两个比较大的政权，一个叫吴国，位置偏北，都城在现在的江苏；一个叫越国，位置偏南，都城在现在的浙江绍兴。当时中原还是政治中心，也是经济最发达的地区，无论哪个诸侯国，要想称霸，必须得剑指中原。这样一来，吴国若是想争霸，就得解决越国，否则就会腹背受敌；而越国想要争霸，更是要解决吴国，否则就没法北上。这样一来，比邻而居的吴国和越国就成了对头，相互大动干戈起来。

双方几轮交手之后，吴国占了优势，吴王夫差率军占领了越国的都城会稽（kuài jī）①，把越王勾践和他的五千军队包围在了会稽山上，越王勾践走投无路，请求臣服于吴。称臣的代价当然要小于亡国，不过，称臣也不是那么容易的事。为了羞辱越国，吴王提出一个条件，就是越王勾践夫妇必须到吴国当三年奴隶。

如今有一句俏皮话，叫作"杀伤力不大，侮辱性极强"。勾践夫妇面对的大概就是这样一种局面。勾践本来是一国之君，到了吴国，却要给吴王驾车养马；勾践夫人原本是一国之母，此时却要给吴王除粪洒扫。原本高高在上的两个人低头折节，干的都是最脏最累的活儿，这难道不是最大的羞辱吗！可是，有一口气在心里顶着，勾践夫妇还真就忍下来了。就这么战战兢兢过了两年多。到第三年，吴王夫差生病了。所谓病来如山倒，病去如抽丝。夫差的病总不见好，把他的

----

① 山名，位于浙江省绍兴县东南。相传大禹在此山大会诸侯，稽核他们的功绩，此山因此得名，会稽就是会计。

心气也消磨掉了大半。这时候，勾践卑躬屈膝地走到夫差的病榻前，说自己学过一个尝粪诊病的法子，想尝尝夫差的粪便，看看病情如何。说着，就自然而然地把手指伸进夫差的粪桶里，拿出来舔了舔，然后喜形于色地说："大王快好了！因为当年我的师父告诉我，如果粪与时气不合，那就是病加重了；如果粪味合于时气，那就是病快好了。大王的粪有一股酸苦味，恰恰顺应了春夏之气，所以我相信大王快好了！"勾践这一番表演，会不会让人觉得太假，太谄媚，太夸张了呢？如果换作我们一般人，也许会怀疑他别有用心。但是自古以来，君主就对阿谀奉承有着超高的适应性，夫差并不觉得勾践夸张，只觉得他忠诚。而且，受到这么一番精神鼓舞，夫差的病还真的好了。这样一来，

夫差为何攻打越国？

公元前496年，吴王阖闾起兵攻打越国，越王勾践派敢死队于吴军阵前自刎，吴军一时失神，被越国军队趁机击败。吴王阖闾也因此受伤而死。

阖闾的儿子夫差继位后，日夜操练军队，派人立在庭中，每天问自己："夫差，你忘了越国杀父之仇吗？"每次夫差都会怒答："不敢忘！"

越王勾践知道此事后，决定先发制人，但没想到，最终被吴王夫差打败，被围困在会稽山上。这便有了后续卧薪尝胆和美人计的故事。

勾践算是立了一功。所以，到了三年为奴期满，夫差一点都没为难他，让他平平安安地回到了越国。

这一番痛苦的经历真是最好的人生教育，它让勾践整个换了一个人。相传回到越国后，勾践放着华美的床榻不住，就睡在稻草上，稻草之上再吊起一个苦胆，每天吃饭之前都要舔一舔，品味一下这难以下咽的苦涩。这就是成语"卧薪尝胆"的来历，勾践时时提醒自己不忘耻辱。可是，仅仅不忘耻辱还不够，勾践内心真正追求的是雪洗耻辱。

怎样才能雪耻呢？勾践对内做了两件大事，一是养民，一是练兵。为了能让刚刚吃了败仗、受了损失的老百姓缓一口气，勾践夫妇食不加肉，衣不重采，尽量减少政府开支；同时，他们还放下身段，勾践和老百姓一块儿种田，夫人跟民间女子一起织布。就这样，社会的活力一点点恢复了起来。再看练兵。所谓练兵，自然包括水战陆战、进攻退守等方方面面的内容，而其中最具传奇色彩的故事，就是越女剑了。春秋时期还属于贵族之间近身格斗的时代，剑是主要兵器。吴越两国都以铸剑精良著称①，1965 年越王勾践剑出土，1976 年河南辉县吴王夫差剑也重见天日。两柄剑都寒光凛凛，锋芒逼人。可是，剑器的精良并不等于剑术的高明。据说，吴国军队的剑术远在越国之上。怎么办呢？勾践搜求天下，想要找出一位剑术达人，帮自己训练军队。苦苦搜寻之下，勾践的谋臣范蠡 (lǐ) 在山林之中找到了一位

---

① 吴国历史上就有干将、莫邪夫妇造雌雄宝剑的传说。大文豪鲁迅以此为灵感创作出了《铸剑》（后被收录在《故事新编》里）。

少女，此人不仅练就了一身剑术，还有一套自己的理论。勾践求贤若
渴，既不问出身，也不论性别，把她请到宫里，聘请她担任越国军队
的军事顾问，指导士兵击剑。几年下来，终于训练出了一支剑术精良、
天下无敌的军队。这其实就是金庸先生武侠小说《越女剑》的原型。
这样的故事虽然不可尽信，但是，从大体方向来说，总会反映着一点
历史的影子。民养富了，兵练强了，越国也发生了脱胎换骨的变化，
非复吴下阿蒙①了。这在历史上称作"十年生聚，十年教训"。

那么，是不是这样就可以报仇雪恨了呢？还不行。打仗讲究的
是知己知彼，单是自己一天天强起来还不够，还要让敌人一天天弱下
去。为了能让吴国弱下去，勾践的另一位谋臣文种提出了伐吴七术，
其中第三条就是美人计。按照文种的说法，吴王夫差是个好色之徒。
如果送一个绝色美女到夫差身边，既能显示勾践的忠诚，又能消磨夫
差的意志，还能顺便探听吴国的动向，真是一举三得的好计谋。

可是，美人计的核心毕竟不是君王，而是美人。不世出的美人
就像不世出的才子一样，也许一两百年才能出那么一个，而且还不知
道生在何地，养在谁家。到哪里去找这样的美人呢？勾践把身边的美
女检阅了一遍，觉得都不足以担此大任。罢了，还是相信高手在民间
吧，既然范蠡能够找到舞剑的侠女，他也就应该能找到巧笑的美女。
勾践信任范蠡，就把选美的差事交给了他。范蠡果然不负众望，就
在句无的苎(zhù)萝村，也就是今天浙江省绍兴市诸暨(jì)苎萝村，

---

① 三国时吴国将领吕蒙少不读书，后努力向学。人们用"吴下阿蒙"比喻人学识尚浅。

也有"伐吴九术"的说法。包括：

· 尊敬上苍，注重祭祀。

· 送吴王财宝，麻痹他，让他耽于享乐。

· 高价收购吴国粮食，让吴国粮草短缺。

· 用美人计让吴王荒淫误国，失去志气。

· 送给吴国能工巧匠，让他们建造奢华的宫殿，劳民伤财。

· 贿赂吴国的奸臣，让他们为越国说话，并祸乱朝纲。

· 逼吴国忠臣直谏，让吴王讨厌他们，甚至杀了他们。

· 越国休养生息，提高自身经济实力。

· 发展越国军事实力，打造坚甲利兵。

伐吴七术

挑中了正在浣纱的西施。

西施美在哪里呢？如果说，春秋时代头号大美女庄姜的最大特点是"巧笑倩兮，美目盼兮"，那么，西施最大的特点就是"宜笑复宜颦（pín）①"了。她真是一位笑也好看，愁也好看的姑娘。这个

---

① "颦"是皱眉的意思。《红楼梦》里，黛玉弱柳扶风，像个病西施。她有名无字，宝玉送给她的字"颦颦"，便是取自西施"宜笑复宜颦"一句。

特点其实是庄子说的。《庄子·天运》里讲了一个西子捧心的故事。西施因为心口疼而捂着胸口，皱着眉头，邻居都夸她好看。邻居家一个丑女人看见了，还以为皱着眉头就是美，回去后也捂着胸口，皱着眉头。结果邻居一看，都吓跑了。这就是成语"东施效颦"的来历。后来，大诗人李白写《玉壶吟》，里面有"西施宜笑复宜颦，丑女效之徒累身①"这么两句，用的就是这个典故。再到后来，宋朝的大文人苏东坡说"欲把西湖比西子，淡妆浓抹总相宜②"这么两句，其实灵感仍然来自"西施宜笑复宜颦"。

不过，单说"西施宜笑复宜颦"，毕竟还不大具体。我们都知道，美是有不同风格的，有艳丽，也有清新；有大女主，也有小妖精。西施到底是哪一种美呢？我个人理解，西施的美应该是一种娇羞纯真、楚楚可怜的美。为什么呢？首先，西施是越国人，江南水乡的女子本来就玲珑秀气。西施又是出身于民间的浣纱女，自然带着小家碧玉的娇羞。另外，西施是勾践送给吴王夫差表忠心的，既然如此，这美女自然不敢心高气傲，而是百依百顺，小鸟依人。换言之，西施应该不像齐国美女庄姜那样"硕人其颀，衣锦褧衣"，而是更像李白所写的那首《西施》："西施越溪女，出自苎萝山。秀色掩今古，荷花羞玉颜。

---

① 意思是我像西施一样笑颦皆美，而丑女们却东施效颦，愈学愈丑。李白自比西施，将那些庸碌的权贵小人比作效颦的东施。宫中小人太多，让他壮志难酬。

② 意思是想把西湖比作西施，无论是淡妆还是浓妆都如此美丽。这首诗出自苏东坡《饮湖上初晴后雨》："水光潋滟晴方好，山色空蒙雨亦奇。欲把西湖比西子，淡妆浓抹总相宜。"

清 朱偁 《荷花燕子》◎

浣纱弄碧水，自与清波闲。皓齿信难开，沉吟碧云间。"什么意思呢？这西施是越溪水乡的女儿，她一抬头就能看见青葱的苎萝山。她是那么秀气，古今少有，连粉嫩的荷花在她面前都低下了头。每天都在清清的溪水边浣纱，她的心情就和碧水一样悠闲。她很少开口说话，她的心事都藏在了天上的云间。想想看，这是一个多么自然纯真的女孩子呀。后来，人们都不满足于"荷花羞玉颜"了，又制造出了"沉鱼 ①"的说法，说只要看见西施，连溪水中的鱼儿都不免自惭形秽，沉到水底。古代四大美女——西施、昭君、貂蝉和杨贵妃分别号称沉鱼、落雁、闭月、羞花，所谓沉鱼，正是人们对西施的赞叹。总之，西施就是一个出自大自然的精灵，勾践和范蠡希望她能够带着这种不一样的风范，给吴王一种不一样的诱惑。

范蠡找到了一个绝色美女，接下来是不是就要直接送给吴王？如果真有那么简单，那就叫送美人，不叫美人计了。就像那些我们现在看来最自然的诗歌其实都经过诗人的精心打磨一样，西施这个最具原生态的美女也要经过训练，才能承担那么大的政治使命。训练什么呢？训练举止坐卧，训练唱歌跳舞，当然，也训练政治手腕，更训练政治忠诚。这样一训练就是三年。三年之后，西施毕业了。这时候，她已经从清纯的浣纱女化身为一件华丽的武器，施施然来到了吴王面前。

---

① "沉鱼落雁"最早出自《庄子·齐物论》，说的不是西施，而是毛嫱、丽姬这两位美人。也不是用于夸奖女子貌美的，而是指美的标准并不相同，动物不理解人的美丽，所以看到美女时鱼沉底、鸟飞离。

到了吴王宫里，西施又有怎样的表现呢？李白有一首《乌栖曲》，写得最好："姑苏台上乌栖时，吴王宫里醉西施。吴歌楚舞欢未毕，青山欲衔半边日。银箭金壶①漏水多，起看秋月坠江波。东方渐高奈乐何！"姑苏台上的乌鸦都回窝栖息的黄昏之时，吴王宫里西施醉舞的欢宴才刚刚开始。吴歌楚舞还未结束，西边的山峰就已经吞没了半轮红日。金壶中浮着银箭，壶中的水已经滴走了一大半，吴王慢慢地站起身，眼看着一轮秋月没入江心。天怎么这么快就亮了呢？明明我还如此意犹未尽！就这样，西施载歌载舞，时笑时嗔，一点点消磨着吴王的意志，也一点点消耗着吴国的钱财。据说，吴王夫差专门为她修建了一座离宫，取名馆娃宫，宫里铜勾玉槛，金碧辉煌。西施不是擅长跳舞吗？宫里有一条长长的响屧（xiè）廊②，每天，西施跳着轻快的舞步就在这条回廊里穿梭。一座离宫哪里够用呢？没过多久，吴王夫差又在馆娃宫外营造了诗中提到的姑苏台。姑苏台横亘五里③，花了三年多时间才建成。姑苏台上建了一座春宵宫，吴王每天和西施在这里作长夜之饮。

可是，就像《红楼梦》里说的："千里搭长棚，没有个不散的筵席。"公元前482年，踌躇满志的吴王夫差通知中原诸侯到黄池（今

---

① 古代用来计时的器具。铜壶里装着水，下方有小孔，水中则立着一支带有时间刻度的银箭。随着时间的流逝，水会从小孔一点点漏出去，水面逐渐下降，箭上的时间刻度便逐渐显露出来，人们以此来确定时间。

② 相传以梓（zī）板铺地，让西施走过时发出声响，因此得名。屧是古代鞋的木底。

③ 里，市制中的长度单位，1里＝500米。

河南封丘）会盟。所谓会盟，就是昭告天下，宣示自己的霸主地位。
这本来是吴越两国都追求的目标，此刻夫差实现了，他既有了美人，
又有了功业，这难道不是人生的巅峰吗？吴王的心都醉了。可是，谁
也没想到，就在这个时候，越国突然出兵，打到了吴国的都城，还杀
了吴王的太子。吴王大惊失色，匆匆奔回国中，反过来跟越王请和。
越王勾践想了一下，点头答应了。可是，这次和平并没有维持多久。
此后的公元前 478 年和公元前 473 年，越国两次攻打吴国，最终把
吴王逼到了姑苏山上。吴王派手下肉袒膝行①，向越王勾践哀求说，
越王无论开出什么条件，他都答应。换句话说，如果勾践让他也当三
年奴隶，他保证二话不说，立即服从。这样一报还一报，难道不是勾
践梦寐以求的事吗？勾践本想答应下来，谋臣范蠡却发话了：过去
天意叫吴国灭掉越国，可吴国偏偏不干；现在天意叫越国灭掉吴国，
难道大王要违背天意吗？就这样，求和不成，吴王夫差自刎而死，越
王勾践在徐州（今山东滕州）会盟诸侯，成为春秋时期最后一位霸主。

　　吴越争霸的故事到此结束了，那么，西施又如何了呢？关于西
施的结局，历史上至少有六种记载，其中有一种记载流传最广，这就
是东汉史书《越绝书》里的说法："西施，亡吴后复归范蠡，同泛五
湖而去。"吴国灭亡之后，西施跟范蠡一起走了，从此泛舟于三江五
湖之间。这真是一种浪漫至极的说法，它其实隐含着一个前提：当年，
西施的美不仅打动了夫差，也打动了选美的范蠡，只不过那个时候，

---

① 袒露身体，跪着向前挪动，以表示降服或认罪。

有更重要的任务担在两个人的肩上，所以，范蠡也罢，西施也罢，都只能把私情深深埋在心底，去承担更大的国家责任。现在，国事已了，心意仍在，渡尽劫波的有情人终成眷属，他们彻底摆脱了政治羁绊，驾一叶扁舟，双双消失在烟波浩渺中，这是多么完美的结局呀。后来，大凡文学作品，诗歌也罢，小说也罢，都愿意相信这一种结局。

那么，这个说法的可靠性到底有多大呢？其实并不大。因为还有另外一种更早的说法，说西施被吴王沉江了。就在吴国灭亡几十年之后，墨家学派的创始人墨子留下一篇《亲士》："比干之殪（yì），其抗也；孟贲（bēn）之杀，其勇也；西施之沉，其美也；吴起之裂，其事也。[1]"文中提到的这些人都因为各自的特长招来了杀身之祸，其中，西施就是因为美貌才被沉入大江。这种说法一点都不浪漫，但是，它出现得更早，而且，它也更符合人类有仇必报，而且喜欢迁怒于"红颜祸水"的心理特征，所以，它应当比泛舟五湖的浪漫结局更接近事实。如果真是这样，那么，西施也算是为越国牺牲的女烈士，理应赢得越国的尊敬。

可是，历史上还有一种更为暗黑的说法。西施确实是被沉江了，但并不是被吴王沉江，而是死于越人之手。怎么回事呢？据《吴越春秋》记载："吴王亡后，越浮西施于江，令随鸱（chī）夷以终。"什么意思呢？吴王夫差死后，越王把西施扔在江水之上，让她随着"鸱夷"漂走了。"鸱夷"又是什么呢？可能有人会以为，"鸱夷"就是"鸱

---

[1] 比干被杀，是因为他品行耿直惹怒了纣王；勇士孟贲被杀，是因为他逞勇；西施被沉江，是因为她太美丽；吴起被车裂，是因为他变革国家的功业侵害了贵族的利益。

夷子皮"的简称呀，按照史书记载，范蠡后来就改名为鸱夷子皮，所以，这里的"鸱夷"应该就是指范蠡吧？这不恰恰印证了西施追随范蠡泛舟五湖的说法吗？这样理解可就大错特错了。范蠡确实曾改名鸱夷子皮，但"鸱夷"本身就是牛皮筒子的意思。现在很多地方不是还有人用吹鼓了的牛皮筏子过河吗？这样看来，所谓"越浮西施于江，令随鸱夷以终"并不是越王让西施追随范蠡，而是把她放到了一个牛皮筒子上，任她随波逐流了。换言之，西施既没有收获敬意，也没有收获爱情。只是到了东汉时期，人们同情她的命运，这才把鸱夷曲解为鸱夷子皮，也就是范蠡，由此编出西施随范蠡泛舟五湖的浪漫故事。

越王勾践是一个有雄心的人，同时，也是一个最凉薄的人。当年提出美人计的谋臣文种不正是被越王勾践逼得自杀了吗？这就是范蠡所说的"狡兔死，走狗烹；飞鸟尽，良弓藏；敌国破，谋臣亡①"。也许，在勾践看来，西施既然能灭了吴国，也就能灭了越国，与其日后受害，不如早早把她除掉算了！"一代倾城逐浪花，吴宫空自忆儿家。效颦莫笑东村女，头白溪边尚浣纱。②"普通的浣纱女或许能够在小山村找到人生的归宿，但在春秋五霸的功劳簿上，红颜终究还是找不到自己的位置。其实，放眼望去，找不到位置的又何止是

---

① 狡猾的兔子被抓捕绝了，帮助猎人捕兔子的猎犬因为没了用处便被猎人吃掉了。飞鸟被捕尽了，射鸟用的弓箭没了用处就被雪藏了。敌国灭亡了，帮助国君出谋划策对抗敌国的大臣就没用了，就会被杀。

② 出自清曹雪芹《五美吟·西施》。意思是一代倾城倾国的美女如浪花般消失，吴宫里的人空自想念着你。不要嘲笑效颦的东施姑娘，她起码还能活到白头在溪边浣纱。

文种之死

越王灭吴后，范蠡离开朝堂，遁隐江湖，并给文种留下书信写道鸟尽弓藏。功高震主的大臣很容易被帝王猜忌和杀害。自此，文种为了自保，开始称病，不再上朝。

后来，有人进谗言说文种将要作乱，于是，越王赐给文种一把剑并说道："您教我打败吴国的计谋，我只用了三条就打败了吴国。剩下的计谋您替我到地下告诉先王吧。"于是，文种自杀。

西施呢？实施美人计的西施沉江了，提出美人计的文种自刎了，在这种情况下，当年寻找美人的范蠡如果不挂冠归去，泛舟五湖，又岂能自保①！可与君王共患难，难与君王共欢乐，这真是红颜的悲哀，也是忠臣的悲哀。

千年之后，晚唐诗人罗隐写过一首《西施》："家国兴亡自有时，吴人何苦怨西施。西施若解倾吴国，越国亡来又是谁？"家国兴亡自有复杂的缘故，吴国之人又为何要苦苦地埋怨西施呢？如果真是西施颠覆了吴国，那么，越国没有西施，为什么也会灭亡？罗隐写这首诗，

---

① 民间也有传闻范蠡离开越国后，开始经商，最终成为巨富，别号"陶朱公"。

当然是为了驳斥红颜祸水的说法，但是，我们今天听来，倒难免有另一番感慨。其实，西施在吴越争霸的过程中还是发挥了作用的，这作用从吴国的角度说自然是祸，但从越国的角度说则是忠。我们固然不应该把历史的责任都推给女人，但是，若要把红颜的力量一笔抹杀，那便也和勾践一样，是辜负红颜了。

【思考历史】

◇ 读一读和西施有关的诗词，诗词里都有什么样的西施呢？

◇ 越王卧薪尝胆的故事让人敬佩，越王鸟尽弓藏的故事又让人心寒。你认为越王是个什么样的人？为什么很多帝王都会杀死厥功甚伟的大臣？

◇ 孟子说"春秋无义战"，春秋时代没有合乎道义的战争。请了解一下春秋时代诸侯国之间的相互征伐，谈谈你的看法。

孟母

本文的主人公，是中国古代最了不起的单亲妈妈孟母。

孟母生活的年代，在中国历史上称为战国时代，这个时代跟庄姜生活的春秋时期又有很大不同。春秋时期，贵族的势力还很大，庄姜是诸侯之女，诸侯之妻，她们更像是诸侯国政治外交中的一枚棋子，而不是操心着茶米油盐，品味着生活艰辛的普通人。但是孟母不一样。她身处战国时代，贵族制度已经日渐没落。就拿他们家来说吧，孟母姓仉（zhǎng），号称是鲁国贵族党氏之后，但是本家早已没落，关于她的父母兄弟，我们都一无所知。她的丈夫，也就是孟子[①]的父亲，号称是鲁国贵族孟孙氏的后裔，但是也已经没落，而且为生活所迫，背井离乡，迁到了邹国。也就是说，孟母一家，虽然祖上曾经阔绰，但真实的生活，就像如今在大城市里打拼的小镇青年一样，赤手空拳，无依无靠。这样的小家庭没有后盾，最禁不起意外。可是，意外却偏

---

① 战国时著名的思想家、政治家、教育家。名轲，邹（今属山东）人。他并没有直接聆听孔子的教诲，因为他出生时孔子已经去世很久了。

清末民初 陆恢《山水四屏（三）》◎

偏降临了。据说孟子三岁的时候，他的父亲因病去世。孟母一个人带着孩子，既要养家，又要育幼；而且，既指望不上娘家，也指望不上婆家，是不是像极了如今处境狼狈的单亲妈妈？

但孟母并非一般的单亲妈妈，她是中国历史上最了不起的单亲妈妈。这"最了不起"四个字，有几个指标可供参考。中国古代有"贤良三母"的说法。哪三母呢？亚圣孟子的母亲孟母；三国时期进了曹营，却一言不发的徐庶①的母亲徐母；还有为抗金英雄岳飞刺下"精忠报国②"四个大字的岳母。孟母位列贤良三母之首。后来，中国又有"四大贤母"的说法，哪四大贤母呢？第一还是孟母；第二是东晋名将陶侃的母亲，截发留宾③的陶母；第三是北宋名臣欧阳修的母亲，画荻教子④的欧母；第四是刺字的岳母。在这个序列里，孟母仍然位列榜首。再看一个指标。明清时代的小孩子发蒙读书，要从《三字经》⑤读起。《三字经》开篇就说："人之初，性本善。性相近，习相远。苟不教，性乃迁。教之道，贵以专。昔孟母，择邻处。子不学，

---

① 徐庶是三国时期颍川（今河南禹州）人。出身贫寒，喜好读书，曾与诸葛亮等人为友。他曾跟着刘备，也为刘备举荐过诸葛亮。后来他的母亲在战乱中被曹军虏获，为了母亲，他不得已归降了曹操，但自此一言不发，不为曹操出谋划策。

② 《宋史·岳飞传》中为"尽忠报国"，但我们习惯性地称为"精忠报国"。

③ 这个成语出自《世说新语·贤媛》，是贤母好客的典故。晋朝的陶侃家里贫穷。一日大雪，同郡的孝廉范逵在他家避雪，陶母剪掉头发换取钱财来招待范逵。

④ 欧阳修幼时家贫，她的母亲用芦苇在地上写写画画来教儿子读书，衍生出成语"画荻教子"，用于称赞母亲教子有方。

⑤ 中国古代的蒙学课本，相传作者是宋代的王应麟（一说为区适子）。

断机杼。"孟母是整本《三字经》中出现的第一个榜样人物。小朋友只要上过一天学，就能知道孟母。贤良三母之首，四大贤母之首，《三字经》中的第一个榜样人物，培养出了中国儒学史上仅次于孔子的亚圣孟子①，这还不算了不起吗？可能有人会认为，孟母能得到这些荣誉，不就是因为她生了一个好儿子吗？此言差矣。孟母不是生了一个好儿子，而是教育出来一个好儿子。换句话说，不是儿子成全了她，而是她成全了儿子。作为佐证，我讲几个小故事。

第一，孟母三迁。这个故事流传最广，几乎是家喻户晓。据说，孟子小的时候，家住城外的乡下，附近有一片坟地，每天都有人在那儿挖坑掘土。死者的亲人披麻戴孝，哭哭啼啼，而吹鼓手呢，则是吹吹打打，热闹非凡。孟子跟所有的小孩子一样，喜欢模仿。他看到这些情景，也学着大人的样子，一会儿假装孝子贤孙，一会儿又假装吹鼓手。孟母看见了，就说："这可不是我儿子应该待的地方！"于是赶紧带孟子搬家了。搬到哪里了呢？从乡下搬到了城中的市场。战国时期，商业已经相当发达，孟子住的那条街十分热闹，有卖杂货的，有做陶器的，还有榨油的、打铁的、杀猪的。行商坐贾（gǔ），高声叫卖；人来人往，熙熙攘攘。孟子又很感兴趣，整天跟邻居的小孩一起，不是学着商人谈生意，就是学着屠夫杀猪宰羊。孟母看见了，又说："这可不是我儿子应该待的地方！"于是，他们又搬家了。这一次，他们搬到了学宫附近。学宫是官办的学校，每月初一十五这两天，都

---

① 孔子是圣人，孟子在儒家的地位和影响力仅次于孔子，被称为"亚圣"。

买肉啖子

除了孟母三迁、断机教子，还有个故事叫买肉啖（dàn）子。

西汉韩婴在《韩诗外传》中记载，孟子小时邻居家杀猪，孟子问杀猪是要干吗呢，孟母随口说道："是给你吃呀。"说完，孟母就后悔了，因为猪肉很贵。她本是随口一说，但人应该讲信誉，不应该欺骗孩子。于是，孟母真的去邻居家买了一些肉回来，做给孟子吃。

有官员到这儿来主持仪式，行礼跪拜。孟子见了，也跟着学起了制礼作乐，打躬作揖。孟母说："这才是我儿子应该待的地方呀！于是就在这儿定居下来。这就是人所共知的"孟母三迁"。"

可能有人会想，这不就是学区房的故事吗？没错，这还真是最早的买学区房的故事。为什么庄姜不用买学区房？因为她是贵族，国家的教育体系就是为她们的孩子量身定做的，她们的孩子受完教育，长大以后接着当贵族。但是孟母不一样，她的孩子说得好听点叫没落贵族，说得实在点，就是一介平民。既然曾经是贵族，那就不甘心不受教育；既然已经沦落成平民，那就必须得自己为自己负责，也为下一代负责。想想看，战国时代，有多少没落贵族啊，而孟母就是在那个历史大转折时代，率先意识到这个时代趋势的人。她没法给孩子挑出身，但是，她愿意尽自己最大的努力，帮孩子挑环境。孔子说得好："性相近也，习相远也。"人出生时本性都是相似的，为什么长大之后各不相同呢？那是因为后天习得的东西不一样。人都是社会动物，不可能不受社会环境的熏染。而小孩子的人生观世界观尚未形成，尤其容易受环境影响。这就是我们常说的"近朱者赤，近墨者黑"。当年，孟母迁来迁去，最后在学官旁边给孟子安了一个家，孟子由此耳濡目染，最终走上儒家的道路，直至成为影响力仅次于孔子的亚圣。是孟母的眼界，给了儿子方向。所以说，不是儿子成全了孟母，而是孟母成全了儿子。

第二，断机教子。再大的圣人，也有小的时候；再好的孩子，也有淘气的时候。孟子上学之后，也曾经不爱读书。有一天，他逃学回到家里，被正在织布的孟母发现了。孟母就问他：今天学到什么了？孟子也没当回事，随便回了一句：还不是跟昨天一样。孟母一听就发火了，拿起剪刀，把正在织的布一剪两段。孟母就是靠女红（gōng）针黹①（zhǐ）养家糊口的，剪断布匹，不就等于砸了饭碗吗？！孟子饶是年幼，也意识到母亲这次是真的生气了，赶紧跪下来，听母亲教训。孟母说："你念书三天打鱼两天晒网，就和我剪断这没织完的布一样啊。这布断了，就成了卖不出去的废品；你读书不能持之以恒，也就成了一瓶子不满，半瓶子晃荡的废人！我为什么让你去读书长学问？不就是因为学才能有见识，问才能长智慧吗？有了见识和智慧，

---

① 缝纫、刺绣等针线活。

清 谢遂 仿宋院本《金陵图卷》◎

你才能够居则安宁，动则远害，一举一动都不会出错。如今你不愿意学习，日后也不会有出息，我这么辛苦织布还有什么意义呢？"孟子听后深受震动，从此乖乖读书，再也不敢三心二意了。这就是大名鼎鼎的"孟母断机"。东汉的时候，著名的贤妻乐（yuè）羊子妻也拿同样的方法教育过自己的丈夫。

这个故事的意义在哪里？如果说孟母三迁的意义在于挑环境，那么，孟母断机的意义就在于严训导。大凡做了母亲，没有不爱孩子的，特别是单亲妈妈，更是唯恐孩子受一丁点委屈。但是，这样一来，就

断织劝学

《后汉书·列女传》中记载了乐羊子妻的故事：

河南有个人叫乐羊子，有一次，他捡到一枚金饼，给了妻子。妻子说："我听说有志气的人不会去喝盗泉里的水；清廉的人不会吃嗟来之食。把捡来的钱财收入囊中，只会有损自己的德行。"乐羊子听后很惭愧，就把金饼放回原处。

后来，乐羊子远行去学习，一年时间就回来了。妻子问他怎么这么快就回来了。乐羊子说："想家了。"妻子听罢剪断织锦，说道："织锦是一天天一寸寸织就而成，学习半途而废，和剪断织锦有何不同？"乐羊子听了妻子的话很惭愧，决定回去刻苦学习。

容易犯有慈无威的毛病了。有道是慈母多败儿，就是有慈无威的后果。但是孟母不一样，她是个明白人，知道学习没有不吃苦的，再喜欢学习的孩子，面对每天烦琐的功课，也有想偷懒的时候。而一旦偷懒形成习惯，学业必然荒废。这时候，需要的不是体谅，而是训导。孟母又是个坚毅的人，知道不是所有的时候都需要春风化雨。当母亲的要有菩萨心肠，也要有金刚手段。什么叫金刚手段？不是打，也不是骂，而是壮士断腕，触及灵魂。孟母让孟子明白：我断机是毁掉一块布，你不好好学习是毁掉自己的人生，你真的想让自己毁掉吗？正是这种极端的方式，让孟子无地自容，也让孟子痛改前非。所以，明朝的著名清官徐炳（bǐng）拜谒孟母祠，才会写下那首诗："教子辛勤断织丝，古来慈母却严师。孔门不绝如线绪，延续绵绵在此时①。"时至今日，身兼严师的慈母仍然是中国母亲的典范。

这两个故事，其实都是孟母教育小孟子的故事，很多当代的虎妈早就在学，而且已经身体力行了。但是，做母亲不是阶段性的事业，而是终身事业。就我个人来讲，我更欣赏孟母面对成年孟子的态度，这里也讲两个小故事。

第一是劝子容妇。孟子成年之后，也像一般人一样娶了妻，成了家。有一年夏天，天气很热，孟子推门进屋，发现妻子居然衣衫不整，箕踞（jī jù）②而坐，孟子立刻勃然大怒。为什么他会因为这样一点小

---

① 意思是说，孟母断机教子，是慈母又是严师。孔子之后儒家学派能如丝线般延绵不绝，就是因为有孟母这样有智慧的母亲培养出了孟子这样的人呀。

② 随意伸开两腿坐着，像个簸箕，是不太符合礼节的坐法。

事生气呢？要知道，在先秦诸子百家之中，儒家是最讲礼的，要求人衣冠整齐，站有站相，坐有坐相。怎么坐才合乎礼仪呢？中国古代的标准方式是屈膝跪坐，而箕踞则是叉开腿坐着，是一种很无礼的姿势。当年，荆轲刺秦王不成，不就箕踞而坐，来表示对秦王的羞辱吗？孟子既然是儒家传人，怎么能容忍妻子如此无礼呢？当即就要休妻①。妻子吓坏了，赶紧去找孟母，求婆婆劝劝丈夫。孟母怎么劝呢？她说："夫礼，将入门，问孰存，所以致敬也。将上堂，声必扬，所以戒人也。将入户，视必下，恐见人过也。今子不察于礼而责礼于人，不亦远乎！"什么意思呢？孟母说，你要求媳妇讲礼，那你自己讲没讲礼呢？孟子说，我当然讲呀，我从来不袒胸露背，也从来不箕踞而坐。孟母说，你这只是一部分礼。我再告诉你另一些礼。礼要求人怎么做呢？进大门之前，先要问问谁在，这是对主人的尊重。要进客厅，先要高声告诉人家我来了，这是让人有所准备。要进入内室，视线要先往下看，别直勾勾地盯着人家，这是为了避免看见不该看的东西。现在你到你媳妇的卧室，也不先说一声，让她根本没思想准备，这才衣衫不整，箕踞而坐。你说，这是谁无礼？明明是你无礼在先，你却要怪你媳妇无礼，还要休了她，这不是本末倒置吗？孟子一听，觉得有道理，就不再较真了，夫妻俩继续好好过日子。

不得不说，孟母这件事做得太有风范了，她是真的知道怎么面对儿子的小家庭。在中国，婆媳关系自古就是个难题。很多婆婆会隐

---

① 古代丈夫主动和妻子离婚。

隐约约把儿媳妇当敌人，觉得儿媳妇抢走了自己的儿子。尤其是单亲妈妈，和儿子相依为命，更容易排斥儿媳妇。所以，在中国古代，婆婆往往成了休妻的主导力量。比如，《孔雀东南飞》[①]里的焦母，始终无法容忍儿媳刘兰芝；而南宋陆游休妻，也是因为陆游的母亲接受不了唐婉。但是，孟母不一样，她不仅不挑起事端，反而会在关键时刻站在儿媳妇这一边，她知道，维护小家庭的利益才是维护儿子的核心利益，这不仅是一种善良，更是一种智慧。

但是，智慧并不意味着和稀泥。事实上，孟母在处理这件事情时有坚定的原则，那就是儒家的仁和礼。礼是什么？礼是形式。仁是什么？仁是内容。孟子要求媳妇端端正正，其实是希望媳妇尊重他。可是，儒家认为，尊重是相互的，"己所不欲，勿施于人"。你不喜欢被别人无礼对待，为什么要先无礼地对待别人呢？再说，礼是为仁服务的，什么是仁？孟子说得好，"仁者爱人"。你为了一点失礼就休妻，这怎么叫爱人呢？如果不能爱人，不能行仁，要礼又有何用呢？孟母从这个角度点化孟子，这不是和稀泥，而是不教条。她的观点和儿子一点也不冲突。只是，她比儿子更宽容，也更变通。而宽容和变通，不正是成年人面对现实生活，最应该具备的素质吗？我们经常说有智慧的老人要学会体面地退出，这当然正确，但是未免太消极。其实，有智慧的老人不仅应该学会体面地退出，还应该学会体面地介入。介入和退出都不绝对，关键问题是体面。而所谓体面，也就是合适。

---

① 《孔雀东南飞》和《木兰诗》一起，被人们合称为"乐府双璧"。

在合适的时候介入，也在合适的时候退出，这才是孟母的智慧。

再讲最后一个故事——从子之志。孟子成年之后，非常希望能够推行自己的政治主张。但是，当时他所在的齐国不给他这个机会。倒是西边的宋国国君，对孟子的学说很感兴趣。孟子想到宋国去，但是，又担心母亲年事已高，无人照料。怎么办呢？俗话说"知子莫如母"，孟母主动跟儿子表态了。她说："夫妇人之礼，精五饭、幂酒浆，养舅姑，缝衣裳而已，故有闺内之修，而无境外之志……以言妇人无擅制之义，而有三从之道也。故年少则从乎父母，出嫁则从乎夫，夫死则从乎子，礼也。今子成人也，而我老矣！子行乎子义，吾行乎吾礼。"大意是说，在古代，做一个妇人，就是要精于饮食，擅于酿酒，奉养公婆，缝补衣裳而已。所以，有闺房内的修为，但是没有四方之志。也正因为如此，女人有三从之义，没有自专的道理。三从是从谁呢？小的时候从父母，出嫁之后从丈夫，丈夫死后从儿子。如今你已经成年了，而我也老了。你就行你的大义去吧，我会谨守我的行为准则，也会遵从你的志向。时下的我们，当然不必赞同孟母关于女性自身定位的这番议论，但是，我们却不得不佩服孟母对儿子的放手：你既然志在四方，那我放手让你去好了！一番话说得孟子豁然开朗，也跟他的前辈孔子一样，去周游列国去，最终成就了自己的人生。

这个故事好在哪里？好在对儿子的真正理解和尊重。时至今日，仍然有很多人抓住儒家"父母在，不远游①"的古训，规劝着子女，

---

① 出自《论语·里仁》。意思是，如果父母还健在，孩子不能远离家乡，而是应该在父母身边尽孝。

也束缚着子女，剪断子女的翅膀，也拉低他们的天空。但是，生活在两千多年前，一辈子不出闺门，把一生希望都寄托在儿子身上的孟母知道，儿子不是自己，爱也不是绑架。孟母把自己说得很小，似乎只是个小女子，其实，她的心里有星辰大海，所以，她才让孟子看见了星辰大海，也发展了儒家思想的星辰大海。

明朝的时候，山东监察御史钟化民循例拜谒孟庙，却又不拘泥于祭祀孟子，而是饱含深情，写下了一篇《祭孟母文》："人生教子，志在青紫。夫人教子，志在孔子。古今以来，一人而已。"大意是说，别人教育儿子，瞄定的目标都是大富大贵，大红大紫；而夫人教育儿子，瞄定的目标却是圣人孔子。古往今来，夫人这样的人格也是绝无仅有的。从最初的成子之志到最终的从子之志，孟母从未把青紫之贵①放在眼里，相反，她介意的永远是儿子怎么做人。而做人，正是孔子之学的核心，也是中国文化的精髓。孟母不是儒学大师，她只是一个抚孤的寡母，但是，她能从小处而见大节，由教子而教万民，这当然称得上"古今以来，一人而已"。

---

① 青紫是古时公卿们的服饰，因此被借指高官显爵。

【思考历史】

◇ 孟子从孟母身上能学习到什么品德？

◇ 孟子不是只继承了孔子的思想，而是在孔子学说的基础上提出了自己的观点。比如，孔子讲究尊卑有序，君臣有别，但孟子则大胆地提出"民为贵，社稷次之，君为轻"，他认为人民是最重要的，社稷次之，最后才是帝王。请读一读《论语》和《孟子》，比较一下，说一说你眼中的孔子和孟子。

虞姬

春秋战国之后，中国进入了大一统的时代。如果说，春秋是在争霸，战国是在争雄，那么秦汉以后，最高级别的争夺，就是争天下了。由平民而争天下，最早的案例就是刘邦和项羽。从功业的角度看，赢的自然是刘邦，他赢得了两汉四百多年的江山[①]；但是，从审美的角度看，赢的却是项羽，千载之后，英雄末路，霸王别姬的故事，还在江湖与庙堂之间口口相传。本文的主人公，就是霸王别姬的女主角——虞（yú）姬。

说到虞姬，大家大概会觉得，她姓虞，而"姬"则是美女的代称，"虞""姬"合在一起，恰恰是虞美人。是不是这样呢？未必如此。《史记·项羽本纪》记载："有美人名虞。"也就是说，这个"虞"字，不是她的姓，倒是她的名。而"姬"呢，既可以是女性的代称，

---

① 公元前202至公元8年是西汉，建都长安（今陕西西安西北）。中间经过王莽篡汉后，从公元25年至220年是东汉，建都洛阳。因为洛阳在长安的东边，故人们用"西汉""东汉"来区别这两个时期，合称"两汉"。

清 张熊《牡丹八哥》◎

楚汉之争 ◇

· 前 209 年秋，陈胜、吴广大泽乡起义。

· 同年，刘邦在沛县起义。项羽跟随叔父项梁在会稽起兵反秦。

· 前 208 年，陈胜、吴广兵败而死。

· 项梁找到了楚怀王流落民间的孙子熊心，拥立其为楚怀王。

· 楚怀王和各路起义军们相约，先入咸阳者称王。

· 前 207 年，刘邦趁项羽对阵秦军时，攻入咸阳。秦朝灭亡。

· 项羽为刘邦设下鸿门宴，但还是放走了他。

· 项羽自封西楚霸王，分封天下，刘邦被封为汉王。

· 楚汉相争，项羽与刘邦约定，以鸿沟为界中分天下。

· 前 202 年，刘邦在垓（gāi）下大败项羽，成为汉朝的开国皇帝。

也可能是姓，毕竟周朝的国姓就是姬姓，从周朝分化出去的吴国、鲁国、燕国、卫国、晋国、郑国、曹国、蔡国等诸侯国，也都是姬姓。既然如此，如果说虞姬是姓姬名虞，也不是完全没有可能。我为什么要写这些呢？其实倒不单单是为了辨别虞姬的姓名，我只是想说，史书中有关虞姬的记载其实少得可怜，连姓名都弄不清楚，更不用说她仙乡何处、芳龄几何、因何认识项羽等人生细节了。我们真正看到她的那一刻，恰恰是她人生的最后一刻，那一刻，用一个成语概括，就是霸王别姬。

要讲清楚霸王别姬这件事，还得先从秦末大乱说起。秦朝末年，群雄并起。当时，楚国的江湖声望最高，各路豪杰都尊奉楚怀王的孙子为领袖，仍然号称楚怀王[①]。这位楚怀王跟各路诸侯约定，"先入定关中者王之"。谁先打到关中地区，拿下秦朝的都城咸阳（今陕西省咸阳市东北），谁就当皇帝。这本来是个大家都认可的约定，可是没想到，在执行过程中出现了意想不到的问题。什么问题呢？项羽功劳大，而刘邦入关快。当时，项羽率领的是主力部队，一路向北打，对抗秦军主力。他们破釜沉舟，一举消灭了几十万秦军[②]，让秦朝再也没有翻盘的机会。所以说，在推翻秦朝这个事情上，项羽功劳最大，他在各路诸侯之中威望也最高。而刘邦呢，率领的是余众，也就是项羽剩下来的部队和沿路收编的军队，一路往西打。秦军主力不都在对

---

① 楚怀王被秦国囚禁而死，楚国人因此对秦国充满憎恨。楚国的项梁起义时，找到楚怀王流落民间的孙子熊心，也尊称他为楚怀王，就是希望用这个熟悉的称号来激发楚国人的灭秦之心。

② 楚国被秦国消灭后，流传出"楚虽三户，亡秦必楚"的说法，并衍生出成语"三户亡秦"。有说法称这句话是指楚国就算只剩下几户人家，也要灭掉秦国。也有说法称这句话是指楚国虽然只剩下三大氏族，也要灭掉秦国。有意思的是，最终灭掉秦国的项羽就是楚国人。

佚名 《阿房宫图》◎

付项羽吗？所以刘邦根本没打什么像样的大仗，顺顺利利就进了咸阳，接受了秦王子婴[①]的投降。如果按照当初楚怀王的约定，刘邦就算是捡了一个皇帝。这样的结局，项羽怎能接受呢？他马上也率领军队入关，还给刘邦设下鸿门宴[②]，其实就是想在宴会上结果了刘邦。可以想象，如果鸿门宴按照项羽的预期发展，刘邦被杀，项羽称帝，整个中国的历史就得改写了。但是，真实的历史并没有按剧本来演，鸿门宴上，刘邦凭借自己的谦卑，凭借一帮朋友的维护，当然，更凭借项羽的一念之仁，逃出生天。事情发展到这一步，楚怀王当初的约定也就不算数了。项羽重新设计了一套方案，自立为西楚霸王，定都彭城，也就是今天的徐州。此外又分封了十八个诸侯王，其中，刘邦被封在汉中，称汉王。

这次分封把项羽的弱点暴露无遗。他会打仗，但是不会搞政治。要知道，秦朝已经实行了郡县制，就是最上面有一个皇帝，是绝对权威；皇帝之下，地方分成郡、县两级，长官听凭皇帝调度。君强臣弱，这样的政权比较稳定。项羽放着这么好的制度不用，偏要重走西周分封的老路。可是，西周分封的都是皇帝的子弟亲戚，好歹还有亲情维系，而项羽分封的，却是一帮有实力的军阀，这些人怎么可能安分守己呢！所以，分封没多久，天下就乱起来了，汉王刘邦也趁机明修栈

---

① 指鹿为马的赵高杀掉秦二世后，立子婴为秦王，在位四十六天。刘邦攻破咸阳后，子婴投降，后被项羽杀死。

② 鸿门是地名，在今陕西临潼东北。现在鸿门宴已经成为典故，指不怀好意的宴请或加害客人的宴会。

道，暗度陈仓，冲出巴蜀，重新回到了政治舞台的中央。这样一来，楚汉战争就开始了。

楚汉战争到底打得怎么样呢？简单说来，就是项羽刚愎自用，虽然经常打胜仗，但是朋友越打越少；而刘邦知人善任，虽然经常打败仗，但是朋友越打越多。有道是"得道多助，失道寡助"，四年之后，项羽最终被刘邦围困在了垓下[①]，也就是今天安徽的灵璧。就在这个地方，就在这个情境下，史书中有关霸王别姬的记载出现了。这段记载出自《史记·项羽本纪》：

项王军壁垓下，兵少食尽，汉军及诸侯兵围之数重。夜闻汉军四面皆楚歌，项王乃大惊，曰："汉皆已得楚乎？是何楚人之多也！"项王则夜起，饮帐中。有美人名虞，常幸从；骏马名骓，常骑之。于是项王乃悲歌忼慨，自为诗曰："力拔山兮气盖世，时不利兮骓不逝。骓不逝兮可奈何，虞兮虞兮奈若何！"歌数阕，美人和之。项王泣数行下，左右皆泣，莫能仰视。

什么意思呢？西楚霸王项羽在垓下安营扎寨，兵力很少，粮食

---

① 关于垓下之战，有一首有关的琵琶大曲，名为《十面埋伏》。该曲明朝后期时已经在民间流传，运用琵琶特有的技巧，弹奏出古代战争千军万马冲锋陷阵之势。

也快吃光了。刘邦和其他诸侯王的军队已经把他重重围困起来。夜里，项羽听到包围他的汉军营里居然响起了楚地的歌声，不由得大惊失色。"难道刘邦已经拿下楚地了吗？为什么他的士兵里有这么多楚人？"听着四面楚歌，再想想自己当年分封诸侯的风光，加上如今十面埋伏的绝望，项羽不由得悲从中来，命人拿酒。他举起酒杯，四下环顾，此时此刻，还有谁在身边陪伴着他呢？没有什么亲近的人了，只有一位常年追随着他的虞姬，此刻就在身边；还有一匹多年的坐骑乌骓马，静静地立在帐外。面对这一人一马，项羽慷慨悲歌："我力量能拔山啊，我气概能盖世。可惜时运不济啊，乌骓马也不再奔驰。乌骓不走啊，我有什么办法？虞姬、虞姬啊，我又该拿你怎么办呢？"项羽就这么一遍一遍地唱，虞姬呢，就一遍一遍地和，这一唱一和之间，已经有不少将士围过来了，项羽涕泗纵横，左右更是呜咽流涕，一片悲声。大家不要小看这段材料，搜遍正史，有关虞姬的全部记载，其实就是这么一段话而已。这段话，司马迁写得特别生动，英雄末路，美人穷途，让我们在两千多年后都觉得如见其人，如闻其声，如临其境。但是，也是这段话，引出了有关虞姬的四大疑问。

第一，虞姬跟项羽，到底是什么关系？她是项羽的妻子吗？两千多年来，一说到霸王，人们就会想到虞姬；一说到虞姬，人们也必然会想到霸王。很多人都以为，他们是一对夫妻。是不是呢？从这段记载看来，应该不是的。司马迁写得很清楚，"有美人名虞，常幸从"，也就是说，有一个叫虞的美人，最受宠幸，一直跟着他。这个说法一看就不是正妻，而是侍妾，相当于刘邦身边的戚夫人。当年，戚夫人不也是因为能歌善舞，才能追随在刘邦身边吗？相反，刘邦的妻子吕后[①]倒是一直守在老家，养儿育女。直到大局已定，才回到刘邦的身边。事实上，不仅刘邦如此，项羽也是如此。项羽是有妻子的，我们虽然不知道她姓甚名谁，但是，根据史书记载，项羽用人常带私心，重用的都是他自己的本家和妻子的娘家人。可见他必定有妻子，还很看重妻子。看到这里，可能很多当代人都觉得难以接受，但这其实正是当时夫妻关系的常态：正妻是主持家政的，要坚定地守着家，不能跟丈夫到处跑，她也许得不到相濡以沫的爱情，但往往因此练就了一身独当一面的本事。相反，侍妾是跟在丈夫的身边服侍他的，两个人出生入死，情投意合，但是，这种爱情没有名分，这个侍妾也没有地位，所以项羽才会把她和宝马相提并论。这么说真让人难过，但是，历史上的爱情就得活在历史中，而不是真空里。

第二，四面楚歌中，项羽唱起了"力拔山兮气盖世，时不利兮骓不逝"，虞姬也跟着和起来。那么，虞姬的"和"是仅仅跟着唱呢，还是另外有词？如果我们遵从《史记》的记载，便是"歌数阕，美人和之"。也就是说，虞姬只是跟着唱，并没有自己再唱新词。但是，根据西汉另外一位文学家陆贾所著的《楚汉春秋》，虞姬的和歌是有新词的，这歌词就是大名鼎鼎的《和垓下歌》，又叫《和项王歌》："汉兵已略地，四面楚歌声。大王意气尽，贱妾何聊生！"什么意思呢？汉王刘邦的军队已经攻占了楚国的土地，四面八方都传来令人悲哀的楚国歌声。既然大王你的英雄气概已经消磨殆尽，贱妾我为什么还要

---

① 姓吕名雉（zhì），刘邦称帝后，被立为皇后。与武则天并称为"吕武"。

苟且偷生！这首歌也罢，诗也罢，写得真好，恰如其分地回应了项羽的顾虑。项羽不是说"虞兮虞兮奈若何"吗？很明显，他对虞姬是有顾虑的。面对四面楚歌，也许他已经在考虑突围这条出路，可是，自身杀出重围也就罢了，如果带上虞姬，又有多大的把握呢？反过来说，如果不管虞姬独自逃生，那又怎能称得上英雄，怎能对得起她这么多年的深情！看出项羽的为难与不舍，虞姬发话了："大王意气尽，贱妾何聊生！"既然事已至此，我又何必苟且偷生呢！据《楚汉春秋》记载，虞姬和歌之后，便拔剑自刎，以死回报项王的爱情，以死解除项王的牵挂，也以死表明自己的心志。这正是后来霸王别姬的流行版本。

问题是，这首歌是不是真的呢？很可能不是。一个很重要的理由就是，虞姬生活的那个时代还没有如此成熟的五言诗。那个时代的诗是什么样子的呢？对比一下项羽的那首《垓下歌》就知道了："力拔山兮气盖世，时不利兮骓不逝。骓不逝兮可奈何，虞兮虞兮奈若何！"是不是很不一样？此外，项羽的老对手刘邦也写过一首《大风歌》："大风起兮云飞扬，威加海内兮归故乡，安得猛士兮守四方！"很显然，这首《大风歌》和《垓下歌》一样，都是骚体诗，中间带一个"兮"字，每一句的字数并不固定，这才是秦汉之间诗歌的大体模样。而这首《和垓下歌》跟这两首诗太不一样了，这样成熟的五言诗，那个时代的人还没见过，更不可能写出来。所以很多人，包括司马迁都认为，这不是虞姬写的，是后人模拟着她的心情和口吻，替她写的。

第三，虞姬和歌之后，到底有没有自刎而死？众所周知，虞姬自刎可是霸王别姬的重头戏，我们历来看京剧也罢，看电影也罢，这

·四言诗：中国古代诗歌中最早形成的诗体，以四字或四字句为主。编定于春秋时期的《诗经》便大多是四言诗。

·骚体诗：起源于战国时期的楚国，以屈原的《离骚》为代表，句子一般比较长，形式比较自由，多用语气词"兮"。

·五言诗：由五字句组成，起源于汉代，后成为古典诗歌的主要形式之一。

·七言诗：每句七个字，或以七个字为主。起于汉代民间歌谣，到唐代大为发展。也是古典诗歌的主要形式之一。

一幕都是高潮，这还有什么疑问吗？当然有。如果我们相信《楚汉春秋》的故事，虞姬唱了"贱妾何聊生"之后，确实就应该自刎而死。可是，如果我们相信《史记》的说法，虞姬只是和着项羽唱了《垓下歌》，那么，我们就不知道虞姬后来到底如何了。事实上，司马迁也确实什么都没有写。换句话说，至少，虞姬自刎而死是存疑的。

这样一来，第四个问题也随之出现：既然有这么多疑问，为什么霸王别姬的故事还能流传那么广，那么深入人心呢？我想，这之中最重要的因素，可能并不是历史事实，而是我们的心情。我们中国的古人，其实是不以成败论英雄的。事实上，我们往往更同情那些失败的英雄。就像项羽，谁不知道他有一身的毛病呢？他不仅政治上幼稚，用人也没有眼光。号称国士无双的韩信[1]，原本是他手下的将军，后来却投到刘邦阵营；他只有一个谋士范增，却又不能信用，最后范增也离他而去。这样看来，他兵败垓下，自刎乌江，不是咎由自取吗！相反，刘邦倒是一个颇有作为的皇帝，他曾经说过："夫运筹策帷帐之中，决胜于千里之外，吾不如子房；镇国家，抚百姓，给馈饷，不绝粮道，吾不如萧何；连百万之军，战必胜，攻必取，吾不如韩信[2]。"他也许没有那么强的个人能力，但是，他能做到知人善任，让一众人才都为他所用，这难道不是一个好皇帝吗？可是，就算我们知道刘邦在政治上是成熟的，项羽是不成熟的，我们还是忍不住嫌弃刘邦的算计和凉薄，反过来喜欢项羽"力拔山兮气盖世"的英雄气概，喜欢他吟唱"虞兮虞兮奈若何"时候的铁汉柔情，更喜欢他"不肯过江东[3]"的骨气和骄傲。我们觉得，这种失败的英雄也是英雄，甚至更是英雄。

我们不仅这样看待项羽，也这样看待虞姬。虞姬是一个美女，我们希望她不仅仅容貌美，舞姿美，更有灵魂美，我们希望她能配得上项羽这样一个英雄，希望她有绝对的骄傲，绝对的刚烈和绝对的痴

---

[1] 萧何向刘邦夸赞韩信为"国士无双"。和韩信有关的典故，还有"胯下之辱""萧何月下追韩信"。

[2] 运筹帷幄，决胜千里之外，我不如张良（字子房）；镇守国家，做好粮草等后援工作，我不如萧何；掌控百万大军，战必胜，我不如韩信。

[3] 李清照《绝句》中写道："生当作人杰，死亦为鬼雄。至今思项羽，不肯过江东。"

在《史记·淮阴侯列传》中，韩信曾总结过项羽的缺点：

1.战斗力很强，但却是匹夫之勇。

2.虽然待人看上去恭敬仁爱，但却舍不得给有功之人进行封赏。

3.杀掉了楚怀王熊心，导致民心尽丧。

4.放弃关中，选择回到楚地彭城，政治决策并不明智。

5.军队所经之地都被摧残毁灭，丧失民心。

项羽失败的原因

情。她懂得自己的身份和使命，她不仅不能给项羽增添实际的麻烦，甚至也不能给项羽增添精神的负担，所以她才要自刎而死，她的死是对项羽的成全，也是对自我的升华。因为她的自刎，我们不仅把她视作一个绝色的美女，更将她视作一个殉主的忠臣。这也正是中国古代对女性身份的设定，对两性关系的设定。这样的设定在倡导男女平等、夫妻平等的今天已经不被认可，但是，在漫长的古代，它却是夫妻关系的主流价值，也是君臣关系的主流价值。换言之，是一代又一代的人，按照自己的价值观重塑了虞姬的故事。这样的故事，你不能说它是真的，但也不能说是假的，因为它代表了一种真实的民族心情，至少是一种曾经的民族心情。

　　据说，虞姬死后，被她的鲜血浸染过的土地上生出了一种草花，它的花朵特别娇艳，而花枝却又那么柔软，即使没有风也会摇摆婆娑，仿佛是美人在翩翩起舞。人们都说，这花就是虞姬的化身，于是，就管它叫虞美人。后来，《虞美人》成了一个词牌的名字，南唐后主李煜用这个词牌写下一首千古绝唱：

　　春花秋月何时了？往事知多少。小楼昨夜又东风，故国不堪回首月明中。雕栏玉砌应犹在，只是朱颜改。问君能有几多愁，恰似一江春水向东流①。

　　李煜是亡国之君，他投降了宋朝，被宋朝的皇帝软禁起来。他夜不能寐，写出了这首凄楚的《虞美人》。这首词写完，他的生命也随之结束，据说是被宋太宗毒死的。我想，李煜的文学才华，虞姬自然无法比拟，但是，我们希望，真正的虞美人——虞姬绝不会像李煜那么软弱，虞姬是一个烈性女子，她活得骄傲，也死得决绝；她是纤纤弱质，却也是凛凛忠良。

----

① 意思是，春花秋月，美好的时光什么时候就结束了？过去的事情还记得多少！昨夜小楼上又吹来了春风，皓月当空，我怎能忍受失去故国的伤痛。精雕细琢的栏杆、玉石砌成的台阶应该全都还在，只是那些美好的容颜已经改变。若问我心中有多少哀愁，就像那春江之水一样，滚滚东流。

【思考历史】

◇ 欣赏京剧大师梅兰芳的《霸王别姬》，说一说他用京剧艺术塑造了怎样一个虞姬？

◇ 阅读一下相关史料，思考刘邦为什么成功？项羽为什么失败？

清 钱维城 《花卉》 ◎

瑶圃恒春

臣钱维城恭画

　　楚汉战争中，站在巅峰、正面对决的是项羽和刘邦，成就历史的雄壮与霸气；而项羽和刘邦背后，又各有一位美女，演绎着人生的温柔与苍凉。站在项羽背后的美女是虞姬，站在刘邦背后的美女就是本篇的主人公——戚夫人。

　　说到虞姬，肯定有人忍不住玄想，如果楚霸王项羽得了天下，虞姬也就不必自刎。英雄美女，地久天长，那该多好！真的会如此吗？并不尽然。因为楚汉战争中本来就有两对顶级情人组合，一对是项羽与虞姬，还有一对是刘邦和戚夫人。因为争天下失败，项羽和虞姬只演到人生的中场就戛然而止，给人们留下了无尽的浪漫想象；而刘邦和戚夫人一直演了下去，却演出了一场更大的人生悲剧。

　　戚夫人是定陶人，定陶就在今天山东的菏泽。菏泽自古出美女，当年刘邦还是汉王的时候，一路向东攻城略地，在定陶得到了青春年少的戚夫人。戚夫人跟虞姬一样，能歌善舞。

根据《西京杂记》^①记载，她最擅长跳翘袖折腰之舞。翘袖折腰之舞的情态，我们今天到博物馆里看看汉画像石^②就知道了。所谓折腰，既不是往前弯，也不是往后弯，而是向身体的两侧弯，而翘袖，则是在折腰的同时把两个胳膊伸出来，和弯下来的上身平行，然后让袖子平着甩出去。折腰翘袖，考验的不是热舞的劲爆火辣，而是身段柔软、举动舒展的华贵风范。在唱歌方面，戚夫人最擅长唱"出塞""入塞"这一类边塞歌曲，把战士们的心思唱得悲壮动人，每次她一唱，几百个宫女都跟着和，声音响遏行云。除了唱歌跳舞之外，戚夫人还擅长下棋，据说，每年八月四日，她必然要跟刘邦下一盘棋，以这盘棋的输赢来预测未来。所以，很多地方都把戚夫人称作中国第一个女棋手。一个貌美如花的女子，又那么才华横溢，谁会不心动呢？戚夫人很快就成了刘邦的红颜知己，刘邦出征打仗，总要让戚夫人陪在身边；戚夫人也义无反顾，跟着刘邦出生入死，也跟着刘邦艰苦突围。这样的两个人物，这样的人生经历，是不是很像项羽和虞姬的故事？

可是，接下来的事情就不一样了。公元前202年，刘邦最终打败项羽，当了汉朝的开国皇帝。而戚夫人生了一个儿子，取名叫如意。从这个名字就可以看出来，当年的戚夫人是何等心满意足！可是，丈夫有了皇位，自己再有了儿子，戚夫人慢慢地变了，从一个多情的文

---

① 古代的逸事小说集。东晋葛洪著。葛洪在书末跋中自称内容抄自刘歆（xīn）的《汉书》，疑为伪托。书名里的"西京"指的是西汉的京都长安。全书记载了很多西汉时期发生的趣闻逸事，比如王昭君的故事、司马相如与卓文君的故事等。

② 石刻的装饰画，主要用于祠堂、墓室等，内容多为生活场景、神话传说、历史故事等。

汉朝

·前202年，刘邦建立西汉，是为汉高祖。

·前180年—前141年，汉文帝和汉景帝在位期间，实行与民休息的政策，实现了文景之治。

·前141年，汉武帝刘彻即位，对内强化中央集权，对外进行军事扩张。开辟了丝绸之路。

·9年，王莽篡夺汉朝政权，后被推翻。

·25年，光武帝刘秀重建汉朝，史称东汉。

·184年，由于社会矛盾激化，张角领导的农民起义爆发。

·189年：董卓废汉少帝，立陈留王刘协为汉献帝，独揽朝政，被称为"董卓之乱"。

·208年，孙权和刘备联军在赤壁击败曹操，奠定了三国鼎立的基础。

·220年，曹操之子曹丕废黜汉献帝，自立为帝，建立曹魏，标志着汉朝的正式结束。

艺女青年变成了一个虎视眈眈的老母亲。她一有机会就跟刘邦进言，让刘邦立自己的儿子如意当太子。问题是，刘邦当时已经立了太子，名叫刘盈，是刘邦跟吕后所生的儿子。中国古代实行嫡长子继承制，所谓嫡长子，就是正妻所生的大儿子。吕后是刘邦的正妻，刘盈是吕后的大儿子，所以，刘盈当太子是名正言顺，这就叫"子以母贵"。

戚夫人不是不知道子以母贵这个原则，但是，在现实生活中，还有另一个原则，也很重要，叫作"母色衰则子爱弛"。这么多年刘邦东奔西走，都是她陪在身边；而吕后年老色衰，一直留守后方，一年到头，跟刘邦也见不了几面。糟糠（kāng）之妻①那点情分，哪里抵得上她朝朝暮暮的温柔！老百姓都知道"母爱者子抱②"的道理，戚夫人为什么不能让儿子"子以母贵"呢！一有机会，戚夫人就把刘如意抱到刘邦面前，让他看，这么聪明伶俐的儿子，怎么就不该有个更好的出路呢！每次说着说着，戚夫人就不由得哭起来，哭得梨花带雨。刘邦呢，也觉得太子刘盈过于软弱，倒是小小的刘如意，一举手一投足都跟自己一样英武，慢慢地就动了废立之心。

可是，废立太子是件动摇国本的大事，几乎所有的老臣都反对。比如，一着急就口吃的周昌，一听刘邦说要废太子，马上就叫了起来："臣口不能言，然臣期期知其不可。陛下虽欲废太子，臣期期不奉诏。"有一个成语叫期期艾艾，形容人说话口吃，表达不流畅，其中"期期"这一半就是从周昌这儿来的。再比如，替刘邦制礼作乐的叔孙通，本来是一介儒生，文质彬彬，这时候却硬气起来，他说："陛下若是一定要废长立幼，可别怪我拿一腔热血弄脏了陛下的台阶！"这些大臣都很有分量，可是，刘邦也是个霸道总裁，而且越到晚年越固执，面对重重阻挠，他就撂下一句话："我终究不会让那个扶不上墙的东

---

① "糟糠"指穷人用来充饥的酒渣、米糠等粗糙的食物。"糟糠之妻"借指和男性一起吃糠咽菜、一起经历贫穷和苦难的妻子。有个成语叫"贫贱之知不可忘，糟糠之妻不下堂"，富贵时不要忘记贫贱时结交的朋友，不要抛弃糟糠之妻。
② 母亲受宠爱，孩子就有人抱。

西位列我的爱子之上！"这不是明摆着要废掉刘盈，改立如意当太子吗！眼看着皇帝一天比一天强硬，戚夫人的笑容也一天比一天多了。

可是她小看了一个人。谁呢？太子的母亲吕后。吕后确实不如她年轻，不如她漂亮，更不如她得宠，但是，这么多年，吕后是风里雨里打拼过来的，几乎跟刘邦一样有勇有谋。当年，刘邦是个浪荡子，根本不管家事，是吕后在家里养老育幼，里外操持。后来，刘邦跟项羽打仗，项羽抓不住刘邦，就把吕后和一双儿女抓了做人质，又是吕后前后周旋，硬是在敌营坚持了一年多。再到后来，刘邦当了皇帝，忌惮韩信、彭越①这些封王的将领，还是吕后施展手段，杀了韩信和彭越，帮刘邦解除了后顾之忧。可以说，大汉王朝的建立有她一半的功劳，她怎么可能把这锦绣江山拱手让人呢！

面对戚夫人的强势进攻，吕后自己很难招架，但是，她不需要，也不应该单打独斗。吕后是一个能知人，也会用人的政治女性，她找到了著名的谋臣张良。张良是汉初三杰②之一，当年，刘邦说"夫运筹策帷帐之中，决胜于千里之外，吾不如子房"，就是承认自己不如张良有智谋。当时，张良已经称病在家了。刘邦不用他，正好，吕后用他。在吕后的恳求之下，张良出了一个主意。他说："天下的人，陛下都能搞定，因此也都不放在心上。只有四个人，陛下始终搞不定。这四个人一个叫作东园公，一个叫作夏黄公，一个叫作绮里季，一个

---

① 彭越在秦末时聚众起兵，后在楚汉战争中带着三万士兵归顺刘邦，为刘邦立下战功，因此被封为梁王。后因被告发谋反，被刘邦杀死。

② 汉朝的三大功臣萧何、韩信和张良，被人们并称为"汉初三杰"。

吕后是怎么杀掉韩信的呢？

西汉开国将领之一的陈豨（xī）造反后，刘邦御驾亲征。之后，有人密告韩信勾结陈豨意图谋反。怎么才能把一直称病在家的韩信骗过来杀掉呢？坐镇朝堂的吕后与萧何商议后，令人诈称谋反已平，陈豨已死，列侯群臣都来朝庆祝。对韩信有知遇之恩的萧何对韩信说："虽然你身体有恙，还是要入朝来庆贺下呀。"待韩信入朝后，吕后便派武士将他斩杀。

叫作甪（lù）里先生。他们四位，人称'商山四皓'，自从秦朝末年就隐居在商山（今陕西商县东南），不向任何人称臣。陛下往年也曾征召过他们，但他们嫌陛下傲慢，坚决不下山。可是，他们越是不合作，陛下内心越敬重他们。如今您若能不吝惜财宝，再让太子亲自写一封信，卑辞厚礼，把这几个人请下山，陪太子露露面，陛下定然会对太子刮目相看。"

过了一段时间，刘邦举行宴会，太子还像往常一样出席陪侍。但是，这一次，太子不是单枪匹马，他的身后还跟随着四位须发皆白的老人家。刘邦一看，大吃一惊道："你们莫非就是传说中的商山四皓？我让你们下山你们都不肯，现在怎么会心甘情愿地追随在太子左右呢？"商山四皓深施一礼说："陛下轻视读书人，我们自然不愿下山受辱。如今太子仁孝，尊重读书人，天下人都愿意为太子效力，我们自然也不例外。"就这么一问一答，刘邦就把废太子的念头放下了。商山四皓何以有如此大的能量呢？因为他们代表的是民心。中国历来讲究"得民心者得天下"。本来，朝廷的心就在太子这边；现在，民间的心也到了太子这边。在这种情况下，刘邦若硬要改立太子，不就成了独夫民贼① 了吗？当年，秦始皇就是因为接班人没有选好，最终家国不保，刘邦刚刚推翻秦朝，又怎么会不知道独夫民贼的下场呢？

想明白这一点，刘邦决定认输了。他对戚夫人说："我的确是想让如意接班，可是，连商山四皓都下山辅佐太子，看来太子羽翼已成，动不了了。"戚夫人听罢失声痛哭，刘邦说："你再为我跳一曲楚舞，我也再为你唱一首楚歌吧。"唱什么呢？"鸿鹄高飞，一举千里。羽翮（hé）已就，横绝四海。横绝四海，当可奈何！虽有矰（zēng）缴，尚安所施！"什么意思呢？鸿鹄高飞啊，一飞千里。羽翼已成啊，横渡四海。横渡四海啊，还能如何？再有弓箭罗网，又有什么用呢？这声调，这气象，像不像项羽当年唱的《垓下歌》？"力拔山兮气盖世，时不利兮骓不逝。骓不逝兮可奈何，虞兮虞兮奈若何！"项羽向上天认输了，而刘邦则是向自己的儿子认输了。项羽唱罢《垓下歌》，自己很快兵败被杀，虞姬也自刎而死；而刘邦唱罢《鸿鹄歌》，也很快就病逝了，但戚夫人活着。

这时候，汉朝真正的统治者变成了吕后。当年戚夫人对吕后苦苦

---

① 独夫指因为昏庸无道，最终众叛亲离的帝王；民贼指残害百姓的坏家伙。"独夫民贼"指祸国殃民、众叛亲离的统治者。

相逼，此刻再到吕后手下讨生活，谈何容易！刘邦一死，吕后马上剃光了戚夫人的一头长发，让她戴上铁链，穿上褐色的粗布囚服，把她关在永巷①之中，天天舂（chōng）米。这本来是汉朝女性刑徒的标准生活模式②，可怜的戚夫人一贯承宠，哪里受得了这样的苦日子！她不是爱唱歌吗？此时此刻，抱着沉重的木杵，戚夫人又唱了起来："子为王，母为虏。终日舂薄暮，常与死为伍。相离三千里，当谁使告女（rǔ）。""女"在这里是"汝"的通假字，戚夫人这是把儿子当成了倾诉对象："儿子你封了赵王啊，母亲我倒成了女奴。每天舂米直到太阳落山啊，还要时时担心死神来到面前。咱们俩相隔三千里啊，谁能告诉你我处境的艰难？"这首歌写得质朴无华，却又情真意切。而且，诗的后四句"终日舂薄暮，常与死为伍。相离三千里，当谁使告女"，还被认为是中国最早的五言诗。戚夫人脱口而出，即成诗篇，可见的确是个灵秀的女子。可是，后宫之中，比拼的终究是政治智慧，而不是灵秀婉转。这首歌在政治上太不聪明了。此前，吕太后惩罚的还只是戚夫人，可是，这首歌让她嗅到了里应外合的风险。刘邦死之前，已经把刘如意封为赵王。赵国是个大诸侯国，实力雄厚。等刘如意长大了，羽翼丰满，会不会对吕后和她的儿子构成新的挑战呢？

吕后从来都是一个当机立断、不留后患的人，既然思虑至此，她立刻召赵王如意入宫。可是，她的用心马上就被儿子刘盈知道了。刘盈真是个再仁慈不过的好人，虽然当年戚夫人几次三番想用自己的

---

① 汉代幽禁妃嫔、宫女的地方。

② 城旦舂是秦汉刑法中的一种，男性犯人要去修筑城墙，女性犯人要去舂米。

儿子顶掉他，但是，他并没有因此迁怒于这个年仅十岁的孩子。怎么保护弟弟呢？刘盈不等吕太后下手，亲自跑到霸上迎接弟弟，安排他住进自己的宫里，每天吃在一起，睡在一起，让吕后找不到下手的机会。可是，在强大的杀意面前，再严密的防守也会显得千疮百孔。有一天，刘盈早起打猎，而刘如意却是小孩子心性，赖床不肯起来。刘盈没办法，只好自己先走了，等他回来，看到的已经是弟弟的尸体。

赵王刘如意一死，戚夫人最后的保护伞也失去了。吕太后将戚夫人熏聋双耳，弄瞎双目，又灌了哑药，抛入厕所之中，称她为"人彘①（zhì）"。可怜戚夫人天仙一样的品貌，竟然以这种最悲惨也最肮脏的方式死去。这样的结局，比起楚帐前自刎的虞姬，是不是差了千里万里？

中国人是最有同情心的。虞姬死后，人们传说虞美人花是她的化身，从此，虞姬就活在了春天里，也活在了《虞美人》的词牌里。那戚夫人呢？戚夫人死后，人们把她奉为厕神。厕神的祭日是正月十五，所以，每年正月十五都会有人给厕所里的簸箕上扎一朵花，求它保佑一年安康。虽说都是纪念，可厕神感觉无论如何也不如虞美人那么美好。这样看来，和虞姬相比，戚夫人完败。

戚夫人到底输在哪里？有人说，戚夫人先是不应该争。若决定争了，就不应该苟活。若决定苟活了，就不应该抱怨。她这是一步错，步步错。是不是呢？其实并不尽然。就说争吧，那些说你不该争的人，

---

① 彘是猪的意思。

往往是还没有得到你的机会。《红楼梦》里，同为贾政的小妾，为什么赵姨娘争，周姨娘不争？真正的原因不在于性格强弱，而在于赵姨娘有探春和贾环这一儿一女，她才有争的心气，也有争的资本。当年，项羽不是皇帝，虞姬也没有儿子，她还没有可争之物，为什么要争？但戚夫人不一样，她什么都有，她怎能放下，又凭什么不争呢？再说苟活。看淡生死的烈士固然令人敬仰，但是，"千古艰难惟一死"也是人之常情。特别是在那种温水煮青蛙式的圈套面前，你只觉得日子一天比一天艰难，但你怎么会知道，哪一刻才是生死的临界点？在临界点真正到来之前，绝大多数人都会选择忍耐，忍耐到不仅没有反抗的能力，甚至连死的能力都没有了。戚夫人不正是如此吗？再说抱怨。大多数情况下，抱怨不正是我们对抗生活的解压阀吗？我们遇到不公正，说出来，发泄两句，心情就好了很多。孔子说："诗可以兴，可以观，可以群，可以怨[①]。"诗歌本来就是人们表达不满的一种方式，戚夫人心中不平，为什么不可以"情动于中而形于言，言之不足，故嗟叹之；嗟叹之不足，故永歌之[②]"？这样看来，争不是错，苟活不是错，抱怨也不是错。

那么，戚夫人到底错在哪儿？从个人来讲，她最大的错误在于，

[①] 出自《论语》。孔子认为，《诗经》可以比兴，抒发人的情感；可以观，通过诗词表达的内容来体察社会的盛衰；可以群，促进群体之间的情感交流；可以怨，抒发心中不平，讽刺不良世道。后衍生出成语"兴观群怨"，泛指诗的社会功能。

[②] 出自《毛诗序》，是讲人心中有了情绪，就会想要用话语表达出来；表达不好，就会发出感慨；感慨还不能表达好，就会歌咏出来。古人歌咏出来的，就是诗歌。

从前到后，她依靠的始终是女性的原始资本，而不是社会资本。她把自己化身为一株女萝，依附在一棵大树上。开始的时候，这棵大树是刘邦，她要给儿子争一个太子的位置，就只会去对着刘邦哭闹。她从没想过要争取大臣，更没想到要亲近社会贤达，她连一个帮手都没有，按照古代的说法，她没有羽翼。这样的人可以是讨人喜欢的生活伴侣，但做不了相互成就的政治伴侣。刘邦是一个真正的政治动物。他不是不喜欢戚夫人，也不是不喜欢刘如意，但是，他一旦看见吕后用人有道，太子羽翼已成，就会立刻接受现实。唐朝诗人李昂写过一首《赋戚夫人楚舞歌》，里面有这么几句："君楚歌兮妾楚舞，脉脉相看两心苦。曲未终兮袂（mèi）更扬，君流涕兮妾断肠。"看起来好像是刘邦和戚夫人心心相印、平分苦乐吧？其实不然。刘邦唱过、哭过之后，马上就放弃了戚夫人，因为戚夫人实力不够，只能出局了。就在这一刻，戚夫人已经注定了后面的悲剧结局。这本该是多么痛的领悟！可戚夫人并没有领悟。她随即又把心中的大树换成了儿子。她唱起了"相离三千里，当谁使告女"，她希望小小的儿子来解救她，而这种期望，最终却造成了儿子和自己的惨死。说到底，戚夫人只是一个唱歌跳舞、娱乐君王的宠姬，她不是政治人物，却又一脚迈进了政治的绞肉机中，让自己粉身碎骨，这是她个人的错误。

可是，这宠妾的身份，女萝一样的人格，原本不就是当时社会给她的定位吗？刘邦身边有戚夫人，项羽身边有虞姬，她们承担的本来就是"美人"职能，这职能是装点性的，而不是实质性的，所以，她们才随时可以被抛弃，被牺牲。

行文至此，再回过头来，我们也许会觉得虞姬幸运：她和戚夫人原本都是一样的人，只不过，她倒在了人生的高光时刻；而戚夫人呢，却被迫走完后面的暗淡人生。可是，这高光也罢，暗淡也罢，她们都不能左右，只能承受，这才是她们共同的悲剧——作为美人，也仅仅作为美人的悲剧。

【思考历史】

◇ 刘邦死后，吕后虽然没有称帝，但朝政基本被把持在她的手里，尤其是汉孝惠帝刘盈去世后。她掌握朝政十六年之久，正因为如此，司马迁在《史记》里把她的传记放在了撰写帝王的《本纪》里。读读她的故事，说一说她有哪些政治智慧？又有哪些政治问题？

李夫人

　　说到中国古代的光荣史，影响力最大的一个词就是雄汉盛唐。汉朝以雄壮著称，而这雄壮的顶点，是在汉武帝时期。本篇的主人公，就是汉武帝的皇后李夫人。之所以选择她，是基于这样一种反差的魅力——汉武帝可以让强悍的匈奴人远遁，却无法让柔弱的李夫人回头。

　　汉武帝刘彻是中国古代最为雄才大略的皇帝之一，他的皇后们也都卓尔不群，留下好多动人的佳话。为什么说他的皇后们呢？因为汉武帝的皇后不止一个。汉武帝活了近七十岁，当了五十五年皇帝，生前先后立过两个皇后，一个叫陈阿娇，一个叫卫子夫。但是，陈阿娇很早就被废黜（chù）了，而卫子夫又因为卷入巫蛊之祸①中，自杀身亡。所以到汉武帝辞世的时候，居然没有皇后可以配享祭祀。皇帝

---

① 古代巫师使用邪术害人的方法，被称为巫蛊。在中国古代宫廷中，时常会有因为巫蛊案而引发的政治变动。

清末民初 王震等 《群花争妍》◎

怎么能够没有皇后呢？辅政大臣霍光[①]做主，追封汉武帝生前最宠爱的李夫人为孝武皇后，陪葬茂陵，配享宗庙。所以，这李夫人算是死后追尊的皇后，她也是中国古代第一位被追封的皇后。

汉武帝这三位皇后其实个个了得。陈阿娇最著名的佳话是金屋藏娇。当年，阿娇的母亲，也是汉武帝刘彻的姑姑馆陶长公主刘嫖，带着孩子回娘家。她把年方六七岁的小刘彻抱在怀里，逗他说："你要不要娶媳妇呀？"一边问，还一边把身边的宫女——指给他看。小刘彻看过一遍说，哪个都不好。馆陶公主又逗他："这个也不好，那个也不好，那我的阿娇好不好？"刘彻马上说："若得阿娇作妇，当作金屋贮之也。"这就是成语"金屋藏娇"的来历。想想看，金屋藏娇，是不是会让人产生出一种小公主的既视感？这便是陈阿娇给我们留下的永恒印象。汉朝的公主势力不容小觑，就因为刘彻这么一嘴甜，馆陶公主不仅把阿娇许给了他，还竭尽全力帮他当上了皇帝。这样说来，陈阿娇对汉武帝是有功的。也正因为如此，她当了皇后之后恃宠而骄，没少犯公主病，最后终于落得个被废的下场。据说，陈阿娇被废后，被汉武帝软禁在了长门宫。她还曾拿出黄金百斤，请大文豪司马相如写下《长门赋》，希望能够重新赢得汉武帝的宠爱。这件事又衍生出了一个成语，叫"长门买赋"，或者"千金买赋"。可是，就算司马相如的赋写得再好，陈阿娇也没能重新赢得皇帝的心。

---

① 霍光是一代权臣，他是霍去病同父异母的弟弟，深受汉武帝信任。汉昭帝幼年继位，他和其他几位大臣按照汉武帝的遗诏，担当辅政大臣。汉昭帝死后，他迎立昌邑王刘贺为帝，旋即废掉，又迎立汉宣帝。

汉武帝为什么需要馆陶公主的帮助？

汉武帝刘彻的母亲是王美人，身份并不算高贵。在他之前还有一位太子——长子刘荣。刘彻离皇位的距离还是有些遥远。

汉景帝唯一的同母姐姐馆陶公主本想把女儿阿娇嫁给太子刘荣，但太子的母亲栗姬讨厌馆陶公主之前给汉景帝后宫送美人，便拒绝了这门亲事。刘彻的母亲王美人抓住机会，于是，便有了金屋藏娇的故事。

之后，馆陶公主利用自己的政治影响力，让汉景帝把栗姬打入冷宫，废了刘荣，立刘彻为太子。刘彻自此之后终于一步步登上了帝位。

这真是"千金纵买相如赋，脉脉此情谁诉①"！到这时候，再想想当年金屋藏娇的风光，真是令人不胜唏嘘。

再看卫皇后。如果说陈阿娇的威风是留下了金屋藏娇的成语，

---

① 出自南宋辛弃疾《摸鱼儿》中"长门事，准拟佳期又误，蛾眉曾有人妒。千金纵买相如赋，脉脉此情谁诉"。意思是，长门宫阿娇盼望着被汉武帝重新召幸，约定了佳期，但帝王却一再延误。只是因为太美丽被人嫉妒。纵然千金买了司马相如的名赋，她的脉脉深情又向谁倾诉呢？这是辛弃疾借失宠女子的苦闷，来抒发自己在朝堂上屡遭排挤，不被君主重用的心情。

那么，卫子夫的霸气则留下了一首《卫皇后歌》。歌云："生男无喜，生女无怒，独不见卫子夫霸天下！"中国古代是农业社会，男子是最重要的劳动力，所以，重男轻女的观念根深蒂固。卫子夫为什么能够扭转传统观念，让人们"生男无喜，生女无怒"呢？歌里唱得很清楚，因为卫子夫作为一个女子，居然霸了天下。卫子夫怎么就能霸天下呢？看看她的兄弟子侄就知道了。卫子夫的弟弟叫卫青，外甥叫霍去病，都是汉朝赫赫有名的大将军。当年，汉朝最大的敌人不是匈奴吗？汉高祖刘邦曾经被匈奴围困在白登山，差一点丢了性命。心狠手辣的吕后，也差一点亲自到匈奴去和亲①。可是，到了卫青、霍去病的时代，这个被动挨打的局面被一举扭转了。卫青和霍去病舅甥两人替汉武帝横扫匈奴，一个直捣龙城②，一个封狼居胥（xū）③，把匈奴人远远地赶出了漠南地区，大致就是如今的内蒙古自治区，让汉朝不仅解除了边疆压力，还顺势开通了丝绸之路，把势力一直延伸到西域地区。霍去病那句"匈奴未灭，何以家为"的豪言壮语，直到今天还是那么激动人心。卫子夫有这样战功赫赫的娘家人，腰杆能不硬吗！可是，就算是卫青、霍去病再能打，卫子夫再贤良，最后还是被卷入了莫须有的"巫蛊之祸"中，卫子夫所生的卫太子被逼造反，卫子夫也被迫

---

① 西汉建立初期，打不过匈奴。吕后掌权时，匈奴的冒顿单于（mò dú chán yú）给吕后写过一封侮辱性很强的信，信上说自己无妻，吕后无夫，都不快乐，不如联姻。狠辣如吕后，虽然大怒，但也没办法，还得屈辱回信，称自己颜老色衰。

② 匈奴祭天之处。

③ 霍去病击败匈奴左贤王部，杀敌七万，俘虏匈奴三个亲王，将军、相国等八十三人，登上狼居胥山祭祀，将汉朝伟业告诉上苍。

自杀。一代贤后，未得善终，也是令人感慨。

知道了陈皇后和卫皇后的结局，再来看李夫人，就知道她的本事了。论背景，她远远比不上陈阿娇；论功劳，她又远远比不上卫子夫。可是，在这三位有皇后名分的女人里，只有她生时受宠，死后追封，可以说是生荣死哀，结局比前两位皇后都强。她是怎么做到的呢？

一言以蔽之，李夫人是一位戏剧大师。她最会制造悬念，吊足了汉武帝的胃口，让汉武帝抓不着，猜不透，始终被她牵着鼻子走。这里面有两个故事最具说服力。

第一个故事叫"倾国倾城"，说的是汉武帝初见李夫人的事情。李夫人能到汉武帝身边，其实是她哥哥唱出来的。李夫人出身于音乐世家，这样的家族在古代比较没有地位。她的哥哥李延年不知道犯了什么法，受了腐刑，被迫进宫当了宦官，负责给汉武帝养狗。慢慢地，汉武帝发现他会唱歌，就经常让他唱歌助兴。有一天，李延年对汉武帝说："今天我给您唱一首新歌吧。"唱什么呢？李延年开口唱道："北方有佳人，绝世而独立，一顾倾人城，再顾倾人国。宁不知倾城与倾国，佳人难再得！"什么意思呢？北方有一位绝色美女，她举世无双，而又独立傲然。她只要对守城的士卒瞧上一眼，士卒们就会丢盔弃甲，失守城垣；她若是对君王那么秋波一转，君主也会不理政事，甘心亡国。这些人怎么不知道她会让人倾城倾国呢？可是他们还是忍不住爱她，因为"佳人难再得"！这首诗看似直白爽朗，但其实既神秘，又魅惑。神秘在哪儿？在"北方有佳人，绝世而独立"。这佳人姓甚名谁、年方几何、美在哪里、有何才艺，通通不置一词。它才不会跟你讲什么"手如柔荑，肤如凝脂"，它只告诉你北方有这么一位美女，这美女还特别清高，不爱搭理人。是不是有点"蒹葭（jiān jiā）苍苍，白露为霜。所谓伊人，在水一方①"的感觉？让你仿佛看见了，却又看不清；仿佛在眼前，却又够不着。这就是神秘。再说魅惑。这佳人好不好？一点都不好。她既不贤惠，也不温婉。你若追求她，还得要冒倾国倾城的风险。倾国倾城的说法出自《诗经·大雅·瞻卬》："哲夫成城，哲妇倾城。"原本是说褒姒的故事，可是，就连褒姒也不过是倾城而已，而这个佳人呢？是"一顾倾人城，再顾倾人国"。她回一次头，你的城完了；她回两次头，你的国完了。这是多么危险的女人啊！可是，人心就是这样，全心全意对你好的傻姑娘经常会被辜负，相反，罂粟花一样的"坏女人"却无往而不胜，让人欲罢不能。这不就是李延年所唱的"宁不知倾城与倾国，佳人难再得"吗！这么神秘，这么富有魅惑力的女郎一下子就吸引住了汉武帝。他听得如醉如痴，听完了，还喃喃自语："世界上真有这样的美人吗？"这时候，李延年说了："当然有啊，我妹妹就是这样的美人，我刚刚唱的就是我妹妹。"

李延年的妹妹在哪里呢？当时就在汉武帝的姐姐平阳公主府上。就这样，汉武帝抱得美人归。这就是李夫人的来历。

那么，李延年这至关重要的一首歌是即兴发挥，还是蓄谋已久呢？当然是蓄谋已久。参与这谋划的不只是李延年，应该也有李夫人，恐怕还有平阳公主。李延年和李夫人为自身利益谋划也就罢了，

---

① 出自《诗经·蒹葭》。

为什么平阳公主也会牵连其中呢？要知道，在汉朝，公主姐姐给皇帝弟弟送美女是常态，就连卫子夫也是平阳公主一手物色，送给汉武帝的礼物。到这个时候，卫子夫已经年老色衰了，平阳公主怕她失宠，赶紧再物色一个，这也是公主讨好皇帝的基本手段。不过，无论是谁谋划了这件事，这个主意本身太好了。它吊足了汉武帝的胃口，让居高临下的选妃变成了发自内心的倾慕和兴致勃勃的追求。好不容易追来的美人，怎么会不宠爱呢？从此，汉武帝的下班时间都交给李夫人了，让其他妃子羡慕不已。有一次，汉武帝又来到李夫人身边，忽然一阵头皮发痒，便随手拔下李夫人头上的玉簪，挠了两下。这一挠不要紧，从此之后，后宫美人的发髻上，各个都斜插着一支玉簪，搞得京师之中玉石的价钱涨了好几倍，这才真是"楚王好细腰，宫中多饿死①"。再往后，玉搔头就成了美人的标志。白居易的《长恨歌》中，讲杨贵妃马嵬之死，用的就是"花钿（diàn）②委地无人收，翠翘金雀玉搔头③"。可想而知，这位玉搔头的主人在人们的心里该是何等迷人！这就是第一个故事"倾国倾城"，是一个戏剧性的出场。

再看第二个故事"相见不如怀念"。这是李夫人临死之前的事情。有汉武帝的宠爱，李夫人几乎什么都有了，她顺利生下儿子，兄弟也

---

① 楚王觉得男子们也应该保持纤细的腰身，宫中的大臣们为了保持身材，获得楚王的宠信，便节食减肥，以至于有的人都饿死了。比喻权利的上层有所喜好，下面的人就争相仿效和迎合。

② 用金翠珠宝制成的花形首饰。

③ 精美的花钿、翠翘金雀玉搔头等首饰散落一地没人来收，它们的主人杨贵妃已经死去。

当了将军。可是，她唯独没有长寿的福气。没过几年，李夫人生病了，汉武帝牵肠挂肚，亲自去探望她。没想到，一听说皇上来了，李夫人一把拉过被子，把脸蒙了起来，对汉武帝说："妾长期卧病，容颜憔悴，不可以见陛下。我死了也没什么遗憾，只是儿子和兄弟要托付给陛下了，还请陛下看在我的面子上，多多关照他们吧。"听她这么一说，汉武帝特别难过，赶紧说："夫人既然都向我嘱托后事了，为什么要蒙着被子，不让我看你一眼？咱们面对面说几句话不好吗？"李夫人说："妇人容貌未曾修饰，不可以见君父。臣妾如今蓬头垢面，不敢亵渎陛下。"无论汉武帝怎么央求，她就是不露出脸来。可是，她越不让汉武帝看，汉武帝就越想看，怎么办呢？汉武帝央求不成，干脆利诱起来，他说："夫人不是惦记着兄弟吗？你如果让我看你一眼，我就给你加赠千金的赏赐，而且还授予你兄弟尊贵的官职。"没想到，李夫人还是不为所动。她说："授不授官都在陛下，也不在于是不是见妾这一面。"说着，李夫人又把脸转了过去，坚决不让汉武帝看见她的脸。这样争执一番，汉武帝也生气了，觉得李夫人太拿捏，不由得怒气冲冲，拂袖而去。

汉武帝一走，李夫人的姐妹都害怕了，责怪她说："贵人您为什么就不能见见陛下呢？当面跟陛下嘱咐兄弟的事多好，干吗非惹皇帝生气呢？"李夫人流着眼泪说："我之所以不见陛下，正是为了能把兄弟的前程托付给他呀。我不过就是一个以色事人的女子，陛下看我长得美才会宠爱我，咱们家也才能有今天。可是，以色事人者一定要知道一句话，那就是'色衰而爱弛'。一旦美貌不在了，爱恋也就没了；而爱恋没了，恩义也就断了。陛下如今之所以还能念念不忘来看我，正是因为他还记得我的美。如果我让他看见现在这张憔悴的脸，他讨厌我还来不及呢，怎么会再顾及我的兄弟！所以我不如不见他，给他留下一个美好的印象。"就这样，李夫人至死也没再见汉武帝一面。

这不是又吊足了汉武帝的胃口吗？所以，李夫人去世之后，汉武帝无论如何都放不下她。他让画师画了一幅李夫人像，整天挂在屋子里看。他又到处找一种号称能让人梦到心上人的怀梦草，希望能够在梦里见到她。有一天，汉武帝还真的梦到李夫人了，只见她手里拿着一个东西走进屋来，递给汉武帝，说这是蘅芜（héng wú）香。汉武帝惊喜交加，一下子醒了过来，恍惚之间，仿佛真的嗅到了一阵香气，于是就把做梦的那间屋子改名为"遗芳梦室"。这还不够，他还请方士作法，来为她招魂。那方士点起灯烛，摆上酒肉，又放下一个帐子。然后，请汉武帝坐在另一个帐子里，悄悄地等。等啊等啊，忽然之间烛光摇动起来了，有一个像李夫人一样美好的身影出现了，汉武帝忍不住，一下子站了起来，想要走过去相见。方士赶紧制止他说："阴阳相隔，无法接触，陛下只能远远地看看罢了！"可是，这样一来，汉武帝的思念之情更加不可遏制，他写下了一首诗："是邪，非邪？立而望之，偏何姗姗其来迟！"那影子是你吗？还是不是你？我那么翘首以待地等着你，你那美丽的身影为什么来得那么迟呢？"姗姗来迟"这个成语就是从这儿来的。

就这样，李夫人的形象永远留在了汉武帝心里。汉武帝信守承诺，重重地赏赐了李夫人一家，又让李夫人的兄弟李广利做了将军。他还多次表示，要跟李夫人合葬。所以，在汉武帝死后，霍光才会力主追封李夫人为孝武皇后，并且把她葬入汉武帝的茂陵之中。后来，李夫人的影响力越来越大。到了唐朝，白居易写《长恨歌》的时候，就自然而然地借用了李夫人的故事，让方士也来为杨贵妃招魂。那方士"排空驭气奔如电，升天入地求之遍①"，这才成全了杨贵妃和唐明皇②"在天愿作比翼鸟，在地愿为连理枝③"的传奇。毫无疑问，当白居易写下这些诗句的时候，在他脑海中回旋的，不仅有杨贵妃的故事，也有李夫人的故事。

那么，到底怎么评价李夫人呢？不可否认，李夫人真是个聪明人。她会制造戏剧效果，一次倾国倾城的出场，一次相见不如怀念的收场，让李夫人在汉武帝心中留下了不可磨灭的印象，确保了她的生荣死哀。这无疑是聪明的表演，放在今天，算是编剧、导演和演员一肩挑，这当然是她的聪明。但她还有更聪明的地方，她清楚自己不过以色事人，她从不寄希望于汉武帝生死不改的深情，她只相信汉武帝对花容月貌的眷恋。她那场誓死不见面的戏既是演的，也是真的，所以她才能那么坚定，坚定到冷酷的程度。或许可以说，她最大的聪明是看透了后宫的本质，后宫有多冷酷，她就有多冷静，多决绝。李夫人爱过汉武帝吗？没有人知道。大概她根本不敢想吧，对她来讲，汉武帝只是她的君主，她的身家性命都在汉武帝身上，她怎么可能不管不顾地去爱呢？爱让人头脑发热，而她最大的聪明就是冷静。这样看来，李

---

① 方士作法，腾云驾雾迅如闪电，去找杨贵妃的魂魄，上天入地找了个遍。

② 因为唐玄宗的谥号为至道大圣大明孝皇帝，所以人们也称他为唐明皇。

③ 在天愿为比翼双飞的鸟，在地愿为并生的连理枝。

夫人虽然生荣死哀，却又并不真的值得羡慕，她只是个聪明的可怜人，她的一生，就是一场后宫戏。

【思考历史】

◇ 读一读《长门赋》，说一说好在哪里？

◇ 请了解卫子夫的故事，以及杀死了她的巫蛊之乱。思考一下，什么导致了她的悲剧？

◇ 请了解汉武帝的一生，看他壮年时的胸怀激荡，以及晚年的昏聩。说一说你对他的评价。

卓文君

◆

作为一个强大的王朝，汉朝的人才班班可考。这其中最能代表时代特性的，是刚猛雄毅的男性和自由奔放的女性。如果给这个时代的男女各挑一个形象代言人，那么，我会让凿空西域①的张骞（qiān）来代表男性，而让当垆（lú）卖酒的卓文君来代表女性。不过，虽说文君当垆的故事广为人知，卓文君的历史定位可不是酒吧女郎，她有一个闪闪发光的头衔——中国古代四大才女之首。

所谓古代四大才女，有两种说法，一种是卓文君、蔡文姬②、上官婉儿③、李清照④，还有一种说法，是卓文君、班昭⑤、蔡文姬、

---

① 《史记》中，司马迁把张骞出使西域称颂为"凿空"。"凿空"有从无到有开辟道路的意思，被用于夸赞张骞打通了中原和西域交流的丝绸之路。

② 汉末女诗人，博学，通音律。汉末大乱，被董卓部将俘虏，后被虏至匈奴，居匈奴十二年，后被曹操赎回。著有《悲愤诗》等。

③ 唐朝女诗人，曾辅佐过武则天、唐中宗，被称为"巾帼宰相"。

④ 南宋著名女词人，被称为"一代词宗"。

⑤ 东汉史学家。班彪之女、班固之妹。班固死时，所撰《汉书》的八表及《天文志》遗稿散乱，尚未完成。班昭奉命与马续共同续撰。她自己则著有《东征赋》《女诫》等。

123

齐白石 《荷花鸳鸯》◎

李清照。无论哪一种说法，卓文君都当之无愧，位列榜首。中国古代的才女多以诗才见长，而卓文君的才华，乃至卓文君的人生，都可以用一句诗来表达，那就是"愿得一心人，白头不相离"。有三个故事可兹佐证。

第一，文君听琴。这其实是卓文君和司马相如的爱情故事。卓文君是蜀郡临邛（qióng）的冶铁巨商卓王孙的女儿，卓家从战国时期就开始冶铁，到汉武帝时代已然富甲一方，光是家奴，就有八百多人。明智的有钱人都会逐渐长养精神追求，对子女的教育并不放松。卓文君在这样的人家长大，不仅貌美如花，而且还爱好文学，精通音律，是个典型的白富美。按说，这样的姑娘，应该嫁个如意郎君，一辈子养尊处优才是。可是，命不由人。卓文君出嫁不久，丈夫就去世了，卓文君年仅十七岁就做了寡妇，只好又回到娘家，整天郁郁不乐。再看司马相如。司马相如是蜀郡成都人，小名叫"犬子"，也就是现在所说的"狗子"，是个很接地气的小名。古代人在名之外还有字。司马相如字长卿，听起来文绉绉的，但就是大儿子的意思，谈不上有什么水平。那为什么我们现在都叫他司马相如呢？因为他羡慕战国时期赵国政治家蔺相如的为人，自己改名为相如。抛开自己改的这个雄心勃勃的名字，单看曾用名，大家一定会感觉到，他和卓文君好像有点不般配，事实也确实如此。跟卓文君相比，司马相如方方面面都差了不少。先看家世。卓文君家富甲一方，司马相如家顶多算是小康人家。小康人家也要给儿子谋个前程，汉朝有赀（zī）选的制度，其实就是花钱买官。司马相如家好不容易给他捐了个郎官，就掏空了家底，再无盈余了。再看个人。卓文君聪明伶俐，貌美如花，而司马相如呢？

此人虽然有才子之名，但是根据《汉书》记载，他有一个重大缺陷——口吃，而且还患了"消渴病"，也就是今天所说的糖尿病。糖尿病患者往往消瘦，想来司马相如的外貌，应该也没那么讨人喜欢。这样一贫一富、一丑一美的两个人，又不在一个城市，本来不应该有什么瓜葛。但是俗话说得好，千里姻缘一线牵，卓文君新寡不久，司马相如就来到了卓文君面前。

这次见面可不是邂逅，而是名副其实的蓄谋已久。本来，司马相如给汉景帝当郎官，就是宫廷侍卫，也是见习官员。这样的岗位接近皇帝，如果被皇帝看中，前途还是颇为可观的。可是，司马相如的长处是文学，而汉景帝对文学不感兴趣，因此并不看好司马相如。司马相如找不到存在感，干脆辞掉官职，转投到汉景帝的弟弟，爱好文学的梁孝王门下。梁孝王对司马相如印象不错，可是没过多久，梁孝王去世了，司马相如失去主人，成了无业游民，只好回到老家。但是，他家里又没有闲钱，在家乡的日子也捉襟见肘。

怎么办呢？当时的临邛县令王吉是司马相如的朋友，此人急公好义，就邀请他到临邛做客，而且游说他说，我们这儿颇有几户富人，都附庸风雅。我有一计，包你在富人家找到饭吃。两人一番合计之后，司马相如拿出仅有的一点钱置办了一身行头，鲜衣怒马，大模大样地驾临临邛。一见他来，临邛县令王吉诚惶诚恐地跑出去迎接，而且每天都去看望他。司马相如还偏偏不给面子，经常称病不见。可是，他越是不见，王吉就越恭敬。这样一来，临邛富人的好奇心都被激活了。来人是何方神圣，值得我们县令如此巴结呢？临邛首富不是卓王孙吗？他就约了一个饭局，遍请当地富户，还请了县令王吉跟司马相如。

请客那天，一百多号客人恭候多时，王吉也到了，就是不见司马相如。卓家再派人去请，司马相如干脆称病不来了。王吉一听马上说：他不来，我哪敢动筷子呀，还是我亲自去请吧。到底恭恭敬敬把司马相如请了出来。这样一来，卓王孙等人更觉得司马相如神秘莫测，绝非凡人了。一番觥筹交错之后，王吉对司马相如说：早听说长卿雅好抚琴，今日盛会，能否也为我们抚一曲，洗一洗我们的耳朵呢？司马相如微微一笑，挥手叫过小童，捧出一张梁孝王赠送的绿绮琴来。一听说司马相如要抚琴，不仅在座的客人凝神静听，连深闺内院的卓文君小姐也忍不住好奇，悄悄走到屏风背后，想要一睹风采。这一偷听不要紧，卓文君一下子就听呆了，而且深深地爱上了这个抚琴之人。

司马相如抚的是什么曲子呢？很多人都知道，这首曲子名叫《凤求凰[①]》，而且还有唱词："凤兮凤兮归故乡，遨游四海求其凰。时未遇兮无所将。何悟今夕兮升斯堂。有艳淑女兮在闺房，室近人遐独我伤，何缘交颈为鸳鸯。胡颉颃(xié háng)兮共翱翔。"什么意思呢？凤啊凤啊回故乡，遨游四海只为求凰。时运未通啊仍在彷徨，不料今夕竟然登上您家华堂。有个美艳淑女就在闺房，屋近人远虐我心肠，如何才能有缘做一对交颈鸳鸯，比翼双飞，携手翱翔。司马相如深情款款，歌唱爱情，渴求知音，确实符合我们对风流才子的期盼吧？不过，这首琴歌很可能不是司马相如写的，而是后人编的。为什么呢？首先，最早讲到此事的《史记》只记载司马相如抚了几曲，但并没有

---

① 凤凰是传说中的百鸟之王，其中，雄为"凤"，雌为"凰"，合称"凤凰"。在王实甫的经典剧目《西厢记》里，张生也为崔莺莺演奏过这曲《凤求凰》，来表达心意。

记载曲名，更没有曲词。直到南北朝时期，才有人把这首琴歌收录到诗歌总集《玉台新咏》①里，而这个时间，距离司马相如生活的时代已经过去五百多年了。同时代的司马迁没有记载，五百多年之后却又冒出了这首歌，意味着什么？意味着这首歌很可能是在这五百年之中，有人替司马相如写的。再者，这首歌的内容也有问题。什么问题呢？太赤裸裸了。就像《凤求凰》这个名字一样，一听就是一首求爱的歌。可是，司马相如是在卓文君父亲卓王孙的宴席上抚琴，就算是他心里渴求爱情，也不可能公然在众多宾客面前唱这样的歌吧？这样看来，这首《凤求凰》应该不是真的。

既然这首琴歌不是真的，卓文君为什么一下子就听得入了迷，而且还喜欢上了抚琴之人呢？这就是高山流水遇知音。当年，乐师伯牙鼓琴，打柴的钟子期一听，就说："峨峨兮若泰山。"就像巍峨的高山。再弹一曲，钟子期又说："洋洋兮若江河。"就像汪洋的江河。伯牙一句话没说，钟子期就明白了他的意思。真正的知音，哪里需要更多的言语呢？卓文君也是如此。没有听琴之前，卓文君早已听说了司马相如的种种事迹，对他不乏浪漫想象；听见了琴声，这浪漫想象等于被坐实了。她不仅听出了司马相如的才华，还听懂了他内心蕴含的深情，这不就够了吗！卓文君是商人的女儿，内心没有那么多规矩顾虑；她又是个富家小姐，总有那么一点任性天真。爱我所爱，无怨无悔，当天晚上，卓文君就抛弃了富甲一方的家庭，也抛弃了那个年代女子

---

① 南朝陈徐陵编选的诗歌总集，收录汉至梁的诗歌。我们熟悉的长篇叙事诗《孔雀东南飞》首见于此书。

的矜持和体面，跟司马相如私奔了。这就是我们一直津津乐道的司马相如琴挑卓文君。

讲完这个故事，一定有人会觉得，司马相如不是什么好人，劫财又劫色。是不是呢？其实还真有那么点意思。先设法接近卓王孙，再设计琴挑卓文君，本来就是临邛县令王吉跟司马相如设计好的一步棋。但是话又说回来，就算是设计，他们俩仍然把宝押在了司马相如的才华和卓文君的知音上。假使司马相如没有才华，就算是得到一个在卓王孙家抚琴的机会，那也是"呕哑嘲哳（zhāo zhā）难为听[1]"，打动不了高傲的文君小姐；反过来说，如果只是司马相如有才华，卓文君却听不懂，那又变成了"对牛弹琴"，仍然成就不了这段浪漫爱情。可事实却是司马相如会弹，卓文君会听，两个人未谋一面，却借着琴声完成了一场心灵约会，而且，还冲破了世俗的障碍，走到了一起。这样看来，琴挑文君这件事虽然是蓄谋已久，但并不猥琐，更不肮脏，相反，它仍然是才子佳人，心心相印，因此也赢得了千古有情人的赞许。茫茫人海，相遇当如许仙过桥，相知当如文君听琴，相守当如尾生抱柱[2]。人生得一知己足矣，余复何求耶！

可是，再美好的爱情，也得经受生活的考验。卓文君不是和司马相如私奔了吗？两个人最后奔回了司马相如的老家成都。可是，到

---

[1] 出自唐朝诗人白居易的《琵琶行》。

[2] 尾生抱柱是个典故，出自《庄子·盗跖（zhí）》。相传有个男子名叫尾生，他与一名女子约定在桥下相会。结果，女子一直没来，河水暴涨，尾生抱着桥柱不愿离开，最后被淹死了。

了成都，卓文君才发现，丈夫太穷了，穷得家徒四壁。这时候，再讲什么有情饮水饱就是一句空话了，要活下去，终究还得想点现实的办法。怎么办呢？卓文君是个"有底气"的女儿，她想起了老爸卓王孙。她对司马相如说，咱们还是回临邛吧，去求求我爸爸，爸爸总不会让我们饿死的。司马相如大概就盼着她说这句话呢，当即又带她回到了临邛，派人找卓王孙斡旋。可是，私奔毕竟太不体面了，卓王孙的气还没消呢，他说，我这个女儿把我的老脸都丢尽了，我不杀她也就罢了，她别想从我这儿拿一分钱！怎么办呢？

这就是我们的第二个故事，叫文君当垆。卓王孙不是不给钱吗？卓文君不急不恼，卖掉了车马，就在卓王孙的眼皮子底下开了一家小酒馆。卓文君每天打扮得漂漂亮亮，在前台招待客人；司马相如则穿起一条犊鼻裈（kūn），在里面洗刷酒缸酒碗。什么是犊鼻裈呢？所谓犊鼻裈，有点类似于现在的内裤，或者是日本相扑手穿的兜裆布，非常不正式，也不雅观。女儿抛头露面，当垆卖酒；女婿穿得乱七八糟，操持后厨，这不是明摆着要让当地名流卓王孙下不来台吗？临邛老百姓指指点点，甚至连卓王孙自己的兄弟子侄都纷纷来劝，没过多久，卓王孙终于坐不住了，到底从自己的八百个奴仆中分出了一百个送给卓文君，又给了她一百万钱，还把她留在娘家的衣物财产也都送了过去，只求他们别在临邛现眼了。得到如此丰厚的嫁妆，卓文君跟司马相如当即撤了铺面，风风光光地回到了成都，过起了富足的小日子。

这不就是如今所说的"实力坑爹"吗？确实如此。可是，这就是恋爱中的姑娘呀。《红楼梦》里，贾母曾经借着一出"凤求鸾"，发表过一番高论。她说："（这小姐）只一见了一个清俊的男人，不管是亲是友，便想起终身大事来，父母也忘了，书礼也忘了，鬼不成鬼，贼不成贼，哪一点儿是佳人？"贾母看不上这样的女孩子，但是，深陷爱情之中的女孩子还真就是这样，父母也忘了，书礼也忘了，眼里心里只有一个爱人。旁观者清，往往会产生恨铁不成钢的心情，可是，能够这样投入地爱一次，也算是一种幸福吧？还有一点值得注意，卓文君真是冰雪聪明，她最知道老爸的软肋在哪儿。卓王孙是个好面子的人，当然无法忍受卓文君夫妇在他的地盘丢人现眼；与此同时，卓王孙其实又爱女心切，再怎样也舍不得让宝贝女儿受苦。正因为深深了解老爸的心理，卓文君才搞了"文君当垆"这么一个行为艺术，让卓王孙乖乖地被她牵着鼻子走。现在如果谁家有这么一个刁蛮泼辣的女儿，也还是会像卓王孙一样，气不得，恼不得，打不得，又舍不得吧？就这样，卓文君不仅赢得了爱情，还赢得了财富。

有了钱，司马相如终于可以踏踏实实地施展才华了。这时候已经到了汉武帝时代。汉武帝是个有眼光的皇帝，他看了司马相如的《子虚赋》[1]，慨叹道："太可惜了，我怎么就无缘和如此有才华的人生活在同一时代呢！"身边的人马上说："陛下，写文章的司马相如还活着呀。"汉武帝当即就把司马相如召到身边，陪侍左右，谈论辞赋。有这样赏识他的皇帝，司马相如如鱼得水，又写出了《上林赋》《大人赋》等一系列好文章。汉武帝呢，也越发赏识他。这样一来，司马相如就在长安安居下来，而且还飘飘然地动了纳妾的念头。怎么

---

[1] 《子虚赋》全篇结构宏大，辞藻富丽，是汉赋的代表作之一。

元　佚名　《上林羽猎图》◎

跟卓文君说呢？据说，司马相如给卓文君写了一封信，上面只写了十三个字："一、二、三、四、五、六、七、八、九、十、百、千、万。"什么意思呢？百千万都有了，就差一个亿，所谓"无亿"就是"无忆"，我已经不再想你了，我已经不再爱你了！这个传说是不是真的？当然不是，这太像文字游戏了，夫妻之间是不会这么沟通的。但是，以卓文君那样的冰雪聪明，就算丈夫什么都不说，她又怎么可能体察不到丈夫已经变了心呢？

这就是第三个故事，文君明志。得知司马相如要娶茂陵妾，卓文君不哭不闹，挥笔写下了一首《白头吟》："皑如山上雪，皎若云

司马相如有才吗？

那是当然。唐朝最有代表性的文学是诗，宋朝是词，而在它们之前的汉朝，最有代表性的文学是赋，也被称作"汉赋"。

司马相如是汉赋的代表人物，代表作有《子虚赋》《上林赋》，他被刘勰赞为"辞宗"。

司马迁在《史记》中只为文学家专门立了两篇传记：一篇是《屈原贾生列传》，另一篇是《司马相如列传》，还在《司马相如列传》中全文收录了司马相如的一些作品。足见司马迁对他文学造诣的肯定。

间月。闻君有两意，故来相决绝。今日斗酒会，明旦沟头水。蹀躞[①]（xiè dié）御沟上，河水东西流。凄凄复凄凄，嫁娶不须啼。愿得一心人，白头不相离。竹竿何袅袅，鱼尾何簁（shāi）簁[②]。男儿重意气，何用钱刀为？"爱情应纯洁如山上的雪，爱情又该光明得像云间的月。听说你对我怀有二心，所以我特来和你决裂。今日咱们最后一次畅饮相会，明天就要像那御沟里的流水。我惆怅地沿着御沟走来走去，看着那沟里的水流各奔东西。当初我毅然离家随君远去，并不像一般女孩出嫁那样哭哭啼啼。我只愿嫁一个感情专一的男子，和他白头偕老永不分离。谁知道那新人拿着竹竿摇了又摇，你就像鱼儿一样随着竹竿跑。做一个男子应当重视情义，失去了情义，再有多少钱也弥补不了！

这首诗写得真硬气，作者一点都不像我们想象中的古代中年弃妇。通篇看下来，诗里有委屈，但是没有哀怨；有遗憾，但是没有纠结。从少至长，卓文君毕生追求的，就是"愿得一心人，白头不相离"，这样的爱情来了，就抛家舍业地追；这样的爱情走了，就毫不犹豫地断。她的年华可以老去，她的精神却永远年轻，这样的精神，即使放在现代人身上，都令人仰慕，何况是两千年前的古人呢？现在我们总说"穷养儿，富养女"，仔细想来，卓文君才真的展现出富养的女儿应有的风范：敢恨、敢爱、敢负责，在精神上永远高傲勇敢，是真正的大女主。

据说，司马相如看到这首诗后，回心转意，最终选择跟卓文君终老一生。这白头终老的结局，不是卓文君的运气，而是司马相如的

---

① 小步行走的样子，也指徘徊的样子。

② 鱼跃起来的样子。

福气。司马相如有才华，有心机，但是没定力。卓文君呢？有才华，没心机，但是有坚守。她这一辈子，爱我所爱，无怨无悔，肩上能挑千斤担，眼中不揉一粒沙。单就爱情而言，司马相如未必担得起她，但是，她担得起司马相如。

【思考历史】

◇ 李贺《咏怀二首》"弹琴看文君，春风吹鬓影"，李白《白头吟》"一朝将聘茂陵女，文君因赠白头吟"……无数诗人的诗词里都有司马相如和卓文君的影子。读一读这些诗，说一说诗人们是如何使用这一典故的？又是怎么看待他俩的故事的呢？

张大千 《山水》 ◎

汉代号称"雄汉"，在军事上建树颇多。面对北方劲敌匈奴，卫青奇袭龙城，霍去病封狼居胥，都立下不世之功。但是，真正给西汉的汉匈关系画上圆满句号的，并不是这些威名赫赫的大将军，而是一位明眸皓齿的女红妆。这位红妆英雄，就是中国古代最著名的和亲使节王昭君。

昭君和亲的故事在中国可谓家喻户晓。传统年画里有"昭君出塞"，戏曲里有《汉宫秋》[①]，词牌里有《昭君怨》，内蒙古、山西等地还留有青冢，据说是昭君的坟墓。此外，王昭君是中国古代四大美女之一，所谓沉鱼、落雁、闭月、羞花，她是落雁的那一位。不过，尽管我们对王昭君这个名字耳熟能详，但是，围绕在她身边的一些历史事实，却又有颇多扑朔迷离之处，值得重新探讨。

---

① 元杂剧，马致远作品。内容是西汉元帝受到匈奴威胁，不得不送爱妃王昭君出塞和亲。剧本着重刻画了大臣们的怯懦自私，对汉元帝则充满同情，描写了他同昭君分离时的痛苦。

卫青、霍去病为什么没有给汉匈之争画上句号？

卫青、霍去病漠北决战和封狼居胥之后，汉朝与匈奴双方军事损耗过大，汉朝虽然大胜，但光战马就损失了十一万匹，所以双方都进入了休养生息的状态。

之后，霍去病二十多岁因病英年早逝。而卫青后来也因为长期征战、积劳成疾，先于汉武帝死去。

第一，王昭君和亲是以什么身份去的？众所周知，和亲是中原王朝和外族之间的一种政治联姻。既然是两个政权之间联姻，派出去的应该是代表皇家血统的公主，至少也得是宗室女子，可是，按照历史记载，王昭君只是汉元帝的宫女，并非公主，为什么也去和亲呢？这就涉及汉朝和匈奴之间的力量对比了。汉武帝以前，一直是匈奴强，汉朝弱。汉朝初年，匈奴曾经把汉高祖刘邦围困在山西大同的白登山上长达七天七夜，差一点要了刘邦的命。从此之后，汉朝就开始跟匈奴和亲了。汉高祖、汉惠帝、汉文帝、汉景帝、汉武帝，接连五任皇帝都曾经嫁宗室女儿到匈奴和亲。但是，这个局面到汉武帝的时候扭转过来了。汉武帝时期，卫青、霍去病横扫匈奴，把匈奴远远地赶出了漠南草原，匈奴从此一蹶不振。到了汉武帝的曾孙汉宣帝时期，匈奴呼韩邪单于①跟他哥哥郅（zhì）支单于内斗失败，干脆投降了汉朝，而且还亲身来到长安，成为第一个朝见汉家天子的匈奴单于。再到后来，汉元帝朝中大将陈汤率领大军荡平远在西域的郅支单于，还留下了"明犯强汉者，虽远必诛"的名言。呼韩邪单于又一次躬身入朝，还跟汉元帝提出了"欲取汉女而身为汉家婿②"的请求。到这个时候，匈奴已经从汉朝的敌国变成了藩属国，汉朝也就不必那么客气，非要选公主或者宗室女儿和亲了。也正是在这一背景下，出身宫女的王昭君才会成为和亲使者。也就是说，王昭君和亲，恰恰是汉朝强大的产物，根本不是好多人以为的屈辱求和。

可是，无论谁强谁弱，既然是和亲，总要有个身份吧？王昭君不是公主，那么，她的身份是什么呢？她的身份就是"昭君"。"昭君"这两个字，有的史书说是她的名，有的史书说是她的字。其实都不对，昭君就是一个封号。汉朝有好多身份显赫的妇女都被封为君，比如，汉武帝的外祖母被封为平原君，权臣王莽的母亲被封为功显君。王昭君既然要代表汉朝去和亲，汉元帝便也赐给她一个封号，这封号就是昭君。"昭"字意味着光明，后世避晋文帝司马昭的讳③，改称"王

---

① "呼韩邪"是名字，"单于"是匈奴最高领导人的称号，全称是"撑犁孤涂单于"（音译），匈奴语里，"撑犁"意为"天"，"孤涂"意为"子"，"单于"意为"广大"，合起来是上天之子那样广大的首领，和我们的"天子"是一个意思。

② 意思是，想迎娶汉朝女子，成为汉朝的女婿。

③ 在中国古代，古人们为了表示对君主和长辈的尊敬，就要避免说出或写出他们的名字。为了做到这一点，他们就会改字。比如，苏轼的祖父名序，苏轼写序言时为了避讳就会把"序"改为"叙"或"引"。

明君①"，就是从字义转化而来的。"昭君"原本是封号，为什么人们会误以为是她的名字呢？我想，这就犹如大名鼎鼎的女皇武则天，"则天"两字本来是她的尊号"则天大圣皇帝"的简写版，后来人们叫惯了，就当成了名字。

身份的问题解决了，再看第二个问题：汉元帝的宫女那么多，为什么单单挑中了王昭君呢？这就涉及了一个广为人知的故事，说她是被画师坑害了。根据东晋葛洪《西京杂记》的记载，汉元帝后宫佳丽众多，看不过来，汉元帝干脆就委托画师把这些美人都画下来，以便按图索骥，相当于现在找工作的时候，在简历上贴一张照片。让谁去给美人们画像呢？自然是宫廷的画师们。在当时的宫廷画师之中，有一位毛延寿先生最擅长画人物，于是，他就成了这批宫廷画师的代表，以后人们一提到画师，就直接说成是毛延寿了。有道是权力导致腐败，毛延寿拥有定人美丑的权力，自然也就运用这份权力，为自己捞起好处来了。这样一来，给他最多贿赂的女子也就成了最美的女子，以最快的速度来到汉元帝身边。

这秘密王昭君不是不知道，但是，她是个清高的女子，怎么可能靠贿赂画工来邀宠呢？她不屑于行贿，自然就成了众多画像中最丑的那一个，丑得汉元帝好几年都不召见她。等到呼韩邪单于来求亲，汉元帝不仅舍不得公主，也舍不得美女，干脆就把"丑女"王昭君送给了呼韩邪单于。直到王昭君临行之前，汉元帝召见赐宴，这才发现，

---

① 后人也因此称呼她为"明妃"。

此女国色天香，艳冠后宫，比自己身边那些宠妃都强百倍。看看眼前的真人，再想想之前的画像，汉元帝自然明白了其中的猫腻。怎么办呢？作为皇帝，他不能失信于人，只好眼睁睁地看着王昭君飘然而去；但是，作为委托人，他恨透了不讲操守的毛延寿，很快就把毛延寿抓了起来，处以死刑，以泄心头之恨。

一个人受了委屈，本来就会激起别人的同情，更何况是一个貌美如花的女子！王昭君身为美女而被画师耽误，遇人不淑，不就相当于一个才华横溢的文人受小人排挤，怀才不遇吗！这太让文人们感同身受了。所以，这个故事一出来，文人们就不断写诗作文，敷演铺陈，让这个故事越传越广，以至于很多人一提起王昭君，就会想到毛延寿，而且，一提到毛延寿，就咬牙切齿，怒形于色。传世戏曲中，无论是《汉宫秋》还是《昭君出塞》，毛延寿都是个著名的丑角。

当然，也有少部分文人反其道而行之，替毛延寿鸣冤。最著名的就是北宋"拗（niù）相公①"王安石②的《明妃曲》。"明妃初出汉宫时，泪湿春风鬓脚垂。低徊顾影无颜色，尚得君王不自持。归来却怪丹青手，入眼平生几曾有？意态由来画不成，当时枉杀毛延寿。"什么意思呢？踏出汉宫的时候，王昭君泪眼婆娑，一头秀发也让风吹得凌凌乱乱。可是，就算她无心梳洗，花容憔悴，照样让汉元帝惊为天人，

---

① 王安石不通人情世故，坚决执行变法，毫不动摇。有人认为他性格执拗，称他为"拗相公"。

② 王安石在文学上写出了《游褒禅山记》等名篇，和韩愈、柳宗元、欧阳修、苏轼等人被并称为"唐宋八大家"；在政治上则在宋神宗时期推行"王安石变法"。

苦苦留恋。汉元帝送行回来就怪罪上了画师，说这样的美色他一辈子未曾得见。可是，王昭君的风度本来就不是图画所能描绘的，就算杀了毛延寿也是枉然。这首诗貌似是给毛延寿鸣冤，其实是在赞颂王昭君的高贵气度，而王昭君的高贵气度背后，又隐含着王安石对文人风骨的自我标榜，因此并非专为毛延寿平反，而是"醉翁之意不在酒，在乎山水之间也①"。

还有一些文人干脆放过毛延寿，直接把矛头指向了汉元帝。比如，《红楼梦》第六十四回，曹雪芹就假借林黛玉之手，写过一首《五美吟·明妃》："绝艳惊人出汉宫，红颜命薄古今同。君王纵使轻颜色，予夺权何畀（bì）画工？"一个当皇帝的，就算是再轻视美色，也不应该把选美的权力交给画工呀！也就是说，正是因为君主昏聩，大权旁落，才给了画工们上下其手的可能，这不就是借着画工骂皇上，希望皇帝乾纲独断，不要假手权臣吗！这其实仍然是文人借着王昭君的故事，浇自己的胸中块垒。

这么多人都借着毛延寿发议论，那么，毛延寿画像这件事到底是不是真的呢？很可能不是。根据《汉书》记载，汉元帝并不是一个好色淫滥之人，恰恰相反，他是皇帝里面难得的一个情种。他当太子的时候喜欢过一位司马良娣（dì），可惜，司马良娣薄命，没等到他当皇帝就去世了，从此之后，汉元帝对后宫非常冷淡，就连他的皇后都是太后帮忙挑选的，他只是完成任务而已。这样的皇帝，又

---

① 出自宋欧阳修的名篇《醉翁亭记》。

怎么会搜罗那么多美女，多到看也看不过来，还得让画师先行描画，再来召幸呢？这个说法过于传奇，不符合汉元帝的性格。更重要的是，毛延寿坑害王昭君这件事记载在《西京杂记》里，而《西京杂记》乃是东晋人葛洪编写的一本笔记小说，收录了好多道听途说、不经之谈，可信度并不太高。而且，葛洪生活的年代距离汉元帝时代已经过去了三百多年，此前《汉书》里没有出现过的情节，到这个时候忽然出现，不也非常令人怀疑吗？所以说，毛延寿的故事虽然既精彩又发人深省，但恐怕并不是真的。可是，如果不是画师陷害，王昭君为什么又会中选呢？比《西京杂记》稍晚一点的《后汉书》里，又记载了另一个版本的故事。据说，呼韩邪单于来求婚，汉元帝答应给他五个宫女。这五个宫女只有名额限制，并没有具体到哪个人。这时，王昭君主动来请缨了。她已经入宫好几年，都没有得到皇帝的宠幸，与其让红颜空老，不如离开这深宫，舍命一搏。如果这个记载是真的，那么，王昭君就不是一个被动的弱女子，而是一个主动的反抗者了。在她看来，就算塞北的风沙再冷，跟胡人的交流再难，也好过在宫里当一条永远无人理睬的咸鱼。王安石那首著名的《明妃曲》就是以这样的心情作为结尾。诗中说："家人万里传消息，好在毡城莫相忆。君不见咫尺长门闭阿娇，人生失意无南北。"什么意思呢？昭君出塞后，她的家人从万里之外捎来了消息，他们劝告她说："你就在塞外好好地生活吧，不要再把汉宫苦苦追忆。你没看见吗？长门宫近在咫尺，可陈阿娇却再也见不到皇帝，一个人如果失宠，在塞外还是在深宫，又能有什么差异！"这样的心情对不对呢？也许我们今天看来并没有什么问题，但是在古代，人们都有民族偏见，认为汉高于胡，特别是在宋辽对峙的情况下，更是要严守"胡汉之别"，王安石身为北宋大臣，居然说"人生失意无南北"，这岂不是无父无君，大逆不道吗！所以，好多人都骂他持论荒谬。

问题是，赞也罢，骂也罢，昭君主动请缨出塞的说法是不是真的呢？很可能并不是。因为古代中原和塞北的生活差异太大了，胡汉之间风俗习惯的差异也太大了，和亲之后不可测的东西又太多了。一个深宫之中的弱女子，就算是不受宠幸，心情悲凉，也很难鼓起勇气，去那样一个完全陌生的地方，接受那样一种完全不可测的命运吧。更何况，和亲毕竟是两个政权之间的大事，王昭君身为一介宫女，怎么可能有那么大的话语权呢！

可是，如果既不是毛延寿陷害，也不是主动请缨，王昭君到底是怎么中选的呢？我想，还是最早记录这件事的《汉书》最可信。《汉书》是怎么说的呢？它其实什么理由也没说，就记载汉元帝选中了王昭君，把她赐给了呼韩邪单于。换句话说，没有什么小人陷害，更没有什么主动请缨，王昭君就是那么一个卑微的小宫女，她的命运随随便便就被决定了，根本不需要什么理由。生而为人，却身不由己，这不才是最大的悲剧吗！

看到这里，可能有人会想：既然如此，昭君出塞就是一出悲剧了？也不一定，因为还有第三个问题：她在塞外的生活到底怎么样？我个人觉得，她的结局远远好于开头。王昭君和亲时，汉元帝改年号为"竟宁"，意思是终于安宁，这个年号充满着对和平的美好希望。与之相应，呼韩邪单于也封王昭君为"宁胡阏氏（yān zhī）"，所谓"宁胡"，是宁静胡地的意思；而"阏氏"，则相当于中原地区的皇后。显然，

元 佚名 《明妃出塞图》◎

呼韩邪单于并没有因为王昭君出身宫女而看轻她，相反，他很重视这次和亲，希望这位来自汉家的阏氏能给匈奴带来安宁。

王昭君和呼韩邪单于一起生活了三年，这三年之间，她生下一个儿子，取名叫伊屠智牙师，被封为右日逐王。呼韩邪单于去世后，她又按照草原民族的习俗，嫁给了呼韩邪单于跟大阏氏所生的长子复株累单于，两人共同生活十一年，生下两个女儿，长女叫须卜居次，次女叫当于居次，所谓"居次"，相当于中原地区的公主。复株累单于死后，王昭君也去世了，她就被埋在了草原深处，终生没有再回到中原。据说，塞外草白，只有王昭君墓上的草是青的，所以号称"青冢"。这青青草色让人知道，她跟土生土长的草原儿女不一样，她的心里，始终有一大块地方，永远属于中原，属于家乡。

但是，故事到这里并没有完。王昭君不是有两个女儿吗？到西汉末年，王莽主政的时候，王莽又让她的大女儿须卜居次回到长安，回到了王昭君当年生活过的土地上。王昭君没有实现的回乡愿望，在她的后代身上实现了。而草原呢，也因为王昭君的存在，长久地留下了中原文化的影子。举一个例子吧。呼韩邪单于之后，所有的单于名号中都有"若鞮（dī）"二字。"若鞮"是孝的意思，作为游牧民族，匈奴贵壮而贱老，本身并没有孝老的传统；而汉朝则以孝治天下，几乎所有的皇帝谥号里都有一个"孝"字，比如汉武帝，他的谥号就是"孝武帝"。呼韩邪单于之后，这个"孝"字传到匈奴，最终演化成单于名号中的"若鞮"，这不正是昭君出塞带来的文化影响吗！当年，革命老人董必武曾经写过一首《谒（yè）昭君墓》："昭君自有千秋在，胡汉和亲识见高。词客各抒胸臆懑（mèn），舞文弄墨总徒劳。"

站在民族团结的立场上，董必武老人高度赞美了王昭君的精神。我想，无论昭君和亲之时是否真有胡汉友好的见识，她客观上确实促进了胡汉之间的友好交流，她也因此突破了一个小宫女的身份限制，彪炳史册，光照千秋。

不知大家想过没有，中国古代和亲使者那么多，王昭君既不是第一个，也不是最后一个，为什么她得到的关注最多呢？我觉得，有一个原因最为重要，那就是身为平民而承担重任。中国古代家国一体，对皇帝而言，家就是国，国就是家。既然和亲是两个政权之间联姻，那么，承担起这个国家责任的，应该就是皇帝一家。所以，一般和亲都由公主，至少是宗室女子来维系。她们远赴边塞虽然也令人同情，但终究还是皇家女子的应有之义。但是，王昭君不同。她本来只是平民小户的女儿，就算进入宫廷，也只是一个毫无位分的宫女。她本

1. 远嫁公主，与匈奴单于和亲。

2. 送给匈奴丝织品、酒、米等物。

3. 汉匈之间约定以长城为界，互不侵扰。

4. 派遣能言善辩的人去匈奴宣讲汉人的礼仪、观念文化、风俗习惯等。

5. 开"关市"，准许汉匈之间往来贸易。

西汉和亲的主要政策

来不应该跑到那么远的地方，承担那么大的责任。但是，她承担了，老百姓自然对她就多一分同情，也多一分敬重。这同情与敬重跟美貌绝伦而流落边疆的幽怨，终身思乡而至死不归的哀愁结合在一起，就汇成了我们心中那个永恒的形象：一位美女怀抱琵琶走进历史的风烟中，她渐行渐远，最后只留下一座青冢，独立斜阳。这样的形象，既哀婉，又英雄。

一千多年前，诗圣杜甫写过一组《咏怀古迹》，分别吟咏五位他心目中的英雄。其中，第三首吟咏的，就是王昭君："群山万壑赴荆门，生长明妃尚有村。一去紫台连朔漠，独留青冢向黄昏。画图省识春风面，环珮空归夜月魂。千载琵琶作胡语，分明怨恨曲中论。"什么意思呢？江水穿过千山万壑，奔向荆门，这里就是昭君当年生活过的小山村。她离开汉宫踏入荒凉的大漠，只留下青冢空对着凄凉的黄昏。君王只能依靠画像来追忆昭君的美貌，而昭君能回来的，也只有身着汉家衣裳的灵魂。千百年来她的琵琶声一直在耳边回荡，那是昭君在诉说着无穷的怨恨。这首诗一句议论都没有，但是，我们永远记住了"群山万壑赴荆门"，那是属于英雄的雄浑与壮阔；也永远记住了"环珮空归月夜魂"，那是属于女子的美丽与哀愁；我们更记住了矗立在黄昏中的青冢，它早已成为中华民族聚多元而为一体的丰碑。

【思考历史】

◇ 刘邦为什么打不过匈奴？白登之围时战神韩信在哪里？

◇ 为什么不同朝代的皇帝们都采用过和亲政策？和亲政策有什么利弊？

明 佚名《深山楼观》◎

班婕妤 ◇

有宫廷的地方，就有怨妇。王昭君本来也是个怨妇，但她走了出去，成了和亲使者。而更多的怨妇却终身困在深宫之中，耗尽情感，也耗尽青春。这样的怨妇有多少？根本无人知晓，因为她们没有留下任何痕迹。但是，有一位宫廷贵妇，却把这寥落而幽怨的心情形诸笔墨，让我们不仅知道了她的存在，还意外地收获了一种诗歌题材——宫怨诗。这位才华横溢的宫廷贵妇，是西汉成帝的班婕妤（yú）。

说起古代诗歌，有许多题材我们现在还很熟悉。比如边塞诗，我们现在看到解放军战士保家卫国，还会随口吟诵出"黄沙百战穿金甲，不破楼兰终不还①"的豪迈诗句；再比如田园诗，我们现在在"钢筋水泥的森林"里打拼累了，仍然会向往"采菊东篱下，悠然见南山②"

---

① 出自唐王昌龄《从军行》"青海长云暗雪山，孤城遥望玉门关。黄沙百战穿金甲，不破楼兰终不还"。

② 出自晋陶渊明《饮酒·其五》"结庐在人境，而无车马喧。问君何能尔？心远地自偏。采菊东篱下，悠然见南山。山气日夕佳，飞鸟相与还。此中有真意，欲辨已忘言"。

的简朴生活；再比如送别诗，每年到毕业季的时候，一定有人写下"海内存知己，天涯若比邻 ①"的名言来相互砥砺。但是，有一类题材，在古代特别常见，名篇辈出，但如今却很少有人想到了，那就是宫怨诗。为什么呢？因为时代不同，宫怨诗的土壤没有了。

所谓宫怨诗，主题就是描摹宫娥们无宠或者失宠的悲哀。中国古代实行一夫一妻多妾制，落实到皇帝头上，就是除了皇后之外，还有三宫六院七十二妃嫔。这么多妃子只对应着一个皇帝，当然是得宠的少，无宠的多，这就是白居易所说的"后宫佳丽三千人，三千宠爱在一身 ②"。既然三千宠爱在一身，那剩下的人肯定就是无宠的了。这些人青春妙龄，幽闭深宫，怎么可能没有怨恨呢？这是一种怨，叫无宠。还有一种怨，叫失宠。虽然皇帝里偶尔也会有那么一两个情种，但大多数皇帝都是花心的，面对着源源不断选进宫中的美女，他们朝秦暮楚，今翠明红，很少会专情于一人。对那些得宠后又失宠的后妃来说，她们内心的寂寞和感慨，可能比从未得宠的妃嫔还更深刻些吧。这森严而又冷酷的深宫大内，这美貌而又寂寞的后宫女子，正是宫怨诗得以产生的基础土壤。当然，写宫怨诗的不光是深宫里的女子，更多的还是宦海沉浮的文人，他们觉得，自己怀才而不遇正如宫娥美貌而无宠。他们也写宫怨诗，把自己和皇帝之间的关系比喻成宫娥和

---

① 出自唐王勃的《送杜少府之任蜀川》"城阙辅三秦，风烟望五津。与君离别意，同是宦游人。海内存知己，天涯若比邻。无为在歧路，儿女共沾巾"。

② 出自白居易《长恨歌》，意思是皇帝的后宫有三千佳丽，但皇帝的宠爱却都在杨贵妃一人身上。

君主的关系，尽情抒发着自己的哀怨和渴望。

　　无论是宫娥写宫怨诗还是文人写宫怨诗，都有一个共同的鼻祖——班婕妤。班婕妤是西汉成帝的妃子，她既是宫娥，也是文人，她留下了中国第一首货真价实的宫怨诗，名为《怨歌行》，又叫《团扇歌》："新裂齐纨（wán）素，鲜洁如霜雪。裁为合欢扇，团团似明月。出入君怀袖，动摇微风发。常恐秋节至，凉飙夺炎热。弃捐箧笥①（qiè sì）中，恩情中道绝。"什么意思呢？齐地所出的上好丝绢刚刚裁出来，就像那洁白的霜雪。用它制成一把又圆又白的合欢团扇，仿佛是天上的明月。你那么喜欢这团扇，总是把它揣在衣袖间，只要热了就拿出

木兰花·拟古决绝词柬友

清 纳兰性德

rén shēng ruò zhǐ rú chū jiàn
人生若只如初见，
hé shì qiū fēng bēi huà shàn
何事秋风悲画扇？
dēng xián biàn què gù rén xīn
等闲变却故人心，
què dào gù rén xīn yì biàn
却道故人心易变。
lí shān yǔ bà qīng xiāo bàn
骊山语罢清宵半，
lèi yǔ líng líng zhōng bú yuàn
泪雨零铃终不怨。
hé rú bó xìng jǐn yī láng
何如薄幸锦衣郎，
bǐ yì lián zhī dāng rì yuàn
比翼连枝当日愿。

用了《团扇歌》典故的诗

_____

① 用来放置物品的竹制箱子。

来摇一摇，马上就有清风扑面。可那团扇却总是担心着秋天的到来，担心那凉风会取代夏天的炎热。到那个时候，团扇就会被扔进箱子里，你往日的恩情也就此中断。

事实上，班婕妤的人生，基本上就是按照这首诗展开的。先看前两句："新裂齐纨素，鲜洁如霜雪。"这是在讲什么？讲团扇的出身。这团扇是齐地的丝绸裁剪出来的，而齐纨鲁缟又是中国古代著名的丝织品，这团扇的出身，是多么优秀啊。其实，这不仅是团扇的出身，也是班婕妤的出身。班婕妤是何许人？如今说到"班"姓，大家可能基本无感，但是，两汉时期的班氏，可是鼎鼎有名的高门大族。这个家族出身于芈姓，是楚国王室的后裔。既然出身芈姓，怎么又改成了班姓呢？据说当时楚国的令尹（宰相）子文是由老虎抚养长大的，楚国管老虎叫班，于是，这个家族的后裔也就姓了班。班氏家族在秦汉之际迁到了楼烦，也就是今天的山西宁武，在那边养羊养马，富甲一方。后来，到班婕妤的父亲班况这一代，因为打匈奴立了战功，被授予左曹越骑校尉，这是个不小的武官。既然在朝廷当官，班况就把家迁到了扶风，也就是到了首都地区。父亲做着官，家里又有钱，班婕妤在这样的环境里长大，接受了良好的教育，成功地成为气质超群的京师名媛。这样的好出身，好品貌，不就是"新裂齐纨素，鲜洁如霜雪"吗？这样的姑娘，在哪个时代都是受欢迎的。

接下来就是第二句"裁为合欢扇，团团似明月"了。那么好的丝绸，总要有个好用处吧。这洁白的丝绸被裁成了团扇，像满月一样又亮又圆。同样，班姑娘这样的好人才，也应该有个好归宿呀。班婕妤嫁给谁了呢？她入宫了，先当了少使，后来，又升为婕妤。写到这

秋風紈扇

秋風紈扇鎮相憐斜倚珠櫳一晌眠好夢醒新月上最難消受曉涼天

清 改琦 《秋风纨扇》 ◎

里大家就明白了，其实，我们并不知道这位班姑娘叫什么名字，之所以叫她班婕妤，是因为她的封号是婕妤，这就好比王昭君的封号是昭君，我们就叫她王昭君一样。婕妤是第几等的妃嫔呢？看看西汉的后宫设置就知道了。西汉的后宫里，除皇后之外，妃子又分为十四等：第一等昭仪，第二等婕妤，第三等娙娥，第四等容华，第五等美人，第六等八子，第七等充依，第八等七子，第九等良人，第十等长使，第十一等少使，以下还有五官顺常等，一共是十四等。班婕妤入宫没多久，就从第十一等的少使晋升为第二等的婕妤，可见是相当得宠的。这就是"裁为合欢扇，团团似明月"。合欢也罢，明月也罢，不正是夫妻爱情的象征吗？

那之后呢？之后就是"出入君怀袖，动摇微风发"了。扇子被郎君放在衣袖之中，只要热了就拿出来摇一摇，享受那令人惬意的凉风扑面。看起来，这男子真是离不开这扇子了。这意味着什么？意味着班婕妤已经从得宠到盛宠了。汉成帝有皇后，还有那么多妃嫔，可是，只有她随时随地和汉成帝待在一起，就像那把"出入君怀袖"的团扇一样。有一个故事，讲的就是班婕妤的这段好时光。据说，汉成帝为了能够与班婕妤形影不离，特意命人做了一辆大号的辇车，这样两个人就可以同车出游了。皇帝这样用心，也算是一番柔情蜜意了吧？可是他没想到，这番美意却遭到班婕妤的拒绝。班婕妤说：我闲来无事，经常看古代留下的那些图画，那图画里面，凡是圣贤之君，都有名臣在侧。只有夏桀、商纣、周幽王那样的亡国之君，才会和嬖(bì)幸的妃子坐在一起。你如果和我同车进出，岂不是和他们一样！这件事后来演化成一个成语，就叫"婕妤却辇"。想想看，班婕妤是多么识大体、顾大局呀，不像个后宫的宠妃，倒像个前朝的谏臣。汉成帝虽然碰了钉子，但又由衷地觉得她有分寸，知进退，因而更宠爱她了。而且，不光汉成帝宠幸她，就连汉成帝的母亲王太后知道了这件事，也连连夸赞，说古有樊姬，今有班婕妤。樊姬是谁呢？樊姬是春秋时期楚庄王的王后。当年，楚庄王沉湎（miǎn）于打猎，玩物丧志，樊姬坚决不吃野味，以此来劝诫楚庄王。楚庄王明白王后的心意，从此一心扑在国事上，终成一代霸主。所以后人都说"楚国所以霸，樊姬有力焉[①]"，樊姬也因此成了贤后的典范。班婕妤又得宠又懂事，不仅赢得了丈夫的爱情，还赢得了婆母的喜爱，而且这一切还不是靠狐媚惑主获得的，而是建立在守礼教、走正道的基础之上，这不仅是班婕妤的福气，甚至可以说是国家的福气了。就在这样的盛宠之下，

晋惠帝时，贾后专权，西晋张华写下《女史箴》一文来讽刺她，并借此教育宫廷中的女子要贤良淑德、遵守本分。其中，用了婕妤却辇的典故。

晋顾恺之的名画《女史箴图》，根据《女史箴》一文内容绘制，里面也有婕妤却辇的画面。

《女史箴图》

[①] 出自唐张说《登九里台是樊姬墓》，意思是楚国之所以称霸天下，多亏樊姬出力。

班婕妤又生下一个儿子，人生的幸福，达到了巅峰。

有道是"月满则亏，水满则溢"。人生就像登山一样，如果攀上了顶峰，那接下来就是走下坡路了。这就是诗里所说的"常恐秋节至，凉飙夺炎热"。班婕妤不是生了一个儿子吗？这小皇子只活了几个月就夭折了，这当然在她的心头刮起了一阵凉风。但是，真正的凉风还在后头。这凉风来自一对姐妹，一个叫赵飞燕，一个叫赵合德。赵飞燕本来是汉成帝姐姐阳阿公主家的歌女，汉成帝到姐姐家做客，迷上了"楚腰纤细掌中轻①"的赵飞燕，赵飞燕又引来了自己的亲妹妹赵合德，这两位美女一入宫，很快就被封为婕妤，而且，还在宫中掀起一阵狂飙。这狂飙，是一件巫蛊大案。所谓巫蛊，就是靠诅咒置人死地。《红楼梦》里，赵姨娘伙同贾宝玉的干娘马道婆，用纸剪了两个小人儿，写上凤姐和宝玉的八字，再用针扎在小人儿的心口，咒他们死，这就是巫蛊。这种做法在今天属于封建迷信，没人真信，也没人真用。但是在古代，巫蛊却是一种很流行的法术，它号称杀人于无形之中，具有后宫那种暗戳戳、阴恻恻的气质，所以在后宫颇有拥趸者。有人用它诅咒别人，也有人用它罗织罪名，反咬一口。

这一次，班婕妤成了施行巫蛊的嫌疑人，而举报者，则是赵飞燕姐妹。怎么回事呢？当时，赵飞燕姐妹恃宠而骄，首先就得罪了汉成帝的许皇后。许皇后其实并不是一个小气的人，班婕妤得宠，她也

---

① 出自唐杜牧《遣怀》，一句诗词用了两个典故，"楚腰"用的典故是楚灵王喜好细腰导致宫里的人为了瘦身而饿死；"掌中轻"用的典故是赵飞燕身材纤细，能在掌上跳舞。

并没有为难她。但是，作为一个身份尊贵的皇后，她最多只能容忍班婕妤这样温顺懂礼，大家闺秀型的宠妃，她哪里看得上赵飞燕姐妹那样狐媚惑主的"狐狸精"呢！眼看这对姐妹越来越猖狂，许皇后的姐姐替妹妹着急，就想出一条下策，在寝宫中设置神坛，诅咒赵氏姐妹。这件事很快就被赵飞燕姐妹知道了，她们一不做、二不休，跑到汉成帝那里，控诉许皇后不仅诅咒她们姐妹，还诅咒皇帝。施行巫蛊，诅咒皇帝，这在当时可是重罪。汉成帝一听之下勃然大怒，就此废掉许皇后，把她贬到了昭台宫。本来，这件事到这儿也就结束了，可是赵氏姐妹并不满足，她们还想借此机会，顺手把跟她们品级相当，人品威望都是一流的班婕妤也一并拿掉。怎么拿呢？她们俩诬陷说，班婕妤也参与了巫蛊案。

照理讲，班婕妤在汉成帝身边那么多年，素以知书达理著称，汉成帝还能不了解她的为人吗？可是，就像香港的小说家亦舒调侃的那样，男人的通病就是翻脸不认人，何况这男人还不是一般人，而是一个说一不二，又疑神疑鬼的皇帝！面对汉成帝的诘问，班婕妤伤心欲绝，却也从容不迫。她说："妾闻死生有命，富贵在天。修正尚未蒙福，为邪欲以何望？使鬼神有知，不受不臣之诉；如其无知，诉之何益？故不为也。"什么意思呢？死生有命，富贵在天，我这辈子从来也不做非分之想。我觉得，若是神明有知，它肯定不会答应那些无理要求，若是神明无知，向它祈祷又有什么用呢！所以，我不仅不会搞什么巫蛊，更不屑于搞什么巫蛊！汉成帝就算再昏聩薄情，毕竟心里还有天理二字，终究没有顺着赵飞燕姐妹的意思拿掉班婕妤，反而赐予她黄金百斤，来弥补心中的愧疚。就这样，班婕妤度过了一劫。

可是，尽管如此，班婕妤却也失去了在汉成帝心中的位置。她永久性地退出了汉成帝的生活，最终无宠，无子，了此一生。这不就是诗中所说的"弃捐箧笥中，恩情中道绝"吗！事实上，就是在后来那些寂寞的日子里，她思前想后，写下这首自怜自叹的《怨歌行》。这首诗写得抑扬顿挫，却又哀而不伤，历来认为，这不仅是宫怨诗的鼻祖，更是宫怨诗的典范。从这首诗里，还生发出来一个成语，叫"秋扇见捐"，比喻妇女被丈夫遗弃。再到后来，唐朝的大诗人王昌龄有感于班婕妤的一生，也写了一组宫怨诗，叫《长信秋词》五首，其中第三首最为出名："奉帚平明金殿开，且将团扇共徘徊。玉颜不及寒鸦色，犹带昭阳日影来。"什么意思呢？天色刚亮，就拿起扫帚打扫金殿的尘埃，百无聊赖，我手执团扇对影徘徊。我那美丽的容颜还不如丑陋的乌鸦，它还能带着昭阳殿的日影，款款飞来。昭阳殿是赵合德的寝殿，这昭阳殿的日影，不就是投射到赵家姐妹身上的君恩吗？它也曾投射到班婕妤身上，只是已经转瞬即逝了！

可能有读者会想，这难道就是你要讲的班婕妤的一生吗？这样的故事虽然哀婉，但是也老套，这样的深宫怨女就算值得同情，和我们今天的生活又有什么关系呢？别急，故事还没讲完。《怨歌行》也许可以代表班婕妤的才华，但却并不足以代表她的智慧。事实上，班婕妤不仅仅是个怨妇，她更是一个智者。还是讲两个故事吧。

第一个故事叫作退路。当年，班婕妤还在最得宠的时候，就把侍奉自己的宫女李平推荐给了汉成帝。汉成帝很高兴，对李平说："你别因为自己是侍女出身就自觉低人一等，当年汉武帝的皇后卫子夫也出身微贱，我就封你为卫婕妤，给你长长精神吧。"于是，侍女李平就成了跟班婕妤平起平坐的卫婕妤。那班婕妤难道不嫉妒吗？没有人知道。我们只知道，后来，班婕妤失宠了，卫婕妤却一直留在汉成帝身边。对于曾经出大力帮过她的班婕妤，她一直顾念，也时时照应。

第二个故事还叫退路。巫蛊事件之后，班婕妤的心就冷了，她再也不敢奢望汉成帝的信任，她怕赵飞燕姐妹还会再捅刀子。怎么办呢？当年，汉成帝的母亲王太后不是夸她"古有樊姬，今有班婕妤"吗？这位王太后，就是后来篡汉的权臣王莽的姑姑，是个非常有实力的人。老太太喜欢她，而且还能压得住赵家姐妹。于是，班婕妤就自请到长信宫侍奉王太后去了。在王太后身边，她虽然寂寞，却也安全，赵飞燕姐妹受宠固然没她什么事，但是后来，赵飞燕姐妹失势自杀，也没她什么事。

给皇帝推荐侍女，依附太后自保，班婕妤难道也是宫斗的一把好手吗？却又不然。班婕妤是一个深谙宫廷生存之道的人，但是，她并没有利用这种懂得而为非作歹，说到底，她也只是以智自防，以礼自守而已。她用冷静的智慧给自己留了后路，也给整个班氏家族留了后路。这个家族后来又出了修《汉书》的班固[1]，写《女诫》的班昭和出使西域的班超，他们让整个中国历史都有了光彩。也许有人会说，凡是留了后路的爱情，都不是爱情，但是我想，班婕妤真心追求的，本来就不是以生以死的爱情，而是规行矩步的得体——得体的言语，得体的进退，同时也是得体的自我定位。这其实是一个儒士的追求，

---

[1] 班婕妤是班固的姑祖母。

而班婕妤，就是那个时代的一位女儒士。

西汉绥和二年（前7），汉成帝驾崩。班婕妤向王太后提出请求，要给成帝守陵。也许，她终究还是忘不了当初并辇而归的日子吧。一年之后，班婕妤也病逝了，死后，就陪葬于汉成帝陵中。如今，班婕妤的墓还矗立在那里，老百姓叫它"愁娘娘坟"。一直以来，我总觉得，虽说班婕妤以《怨歌行》闻名，但仅仅说她是个幽怨的愁娘娘还远远不够，她其实更符合诸葛亮的那句名言："非淡泊无以明志，非宁静无以致远①。"

【 思考历史 】

◇ 古代的男性诗人们为什么也写宫怨诗、闺怨诗？和屈原借"香草"自比品格，借"美人"自比自己不被君主赏识是一样的吗？

◇ 宫怨诗、闺怨诗里，除了秋天、团扇的意象，诗人们还喜欢用哪些意象来表达心情？

———————

① 出自三国时期诸葛亮的《诫子书》。

赵飞燕

宫廷之中，既有以礼自守的贤良淑德，也有狐媚惑主的红颜祸水。前者如班婕妤，后者如本篇的主人公赵飞燕。这两类人物并立后宫，恰似忠臣和奸臣并立朝堂。这种想象固然太过非黑即白，今天的人看了，会嫌它层次不够丰富，但是我想，这种善恶忠奸的判然区别，本身就体现了中国人的态度。

说到红颜祸水，可能有人会想，这个定性也太老套了吧？之前的褒姒也罢，西施也罢，不都有人说是红颜祸水吗？跟她们相比，赵飞燕又有什么特殊性呢？的确，历史上好多美女都背着红颜祸水的骂名，但是，真要说到"祸水"这个词，还就得从赵飞燕谈起。赵飞燕原本出身寒微，是汉成帝的姐姐阳阿公主家的一个舞姬。她本来的名字已经没人知道了，因为跳起舞来身轻如燕，所以就叫成了赵飞燕。汉成帝到阳阿公主家做客，看上了能歌善舞的赵飞燕，就把她纳入了后宫。当公主的姐姐蓄养一群美貌的歌儿舞女，给当皇帝的弟弟作为后宫蓄水池，这原本是汉朝的常态，当年，汉武帝的皇后卫子夫，宠妃李夫人走的都是这条路，赵飞燕也要沿着这条路走下去。比较不

同寻常的是，赵飞燕得宠之后，又把自己的妹妹赵合德引荐给汉成帝，一时之间，赵合德的宠幸程度甚至超过了赵飞燕。据《汉书》记载，赵合德所住的昭阳殿台阶用的是汉白玉，地砖用的是铜包金，壁龛用的是蓝田玉，总之，豪华程度超过了历史上任何一个后宫。据说，看到赵合德如此招摇，有一个白了头发的老女官就在她身后啐了一口唾沫，说："此祸水也，灭火必矣！"

什么意思呢？这个女人是祸水，一定会把汉朝灭掉的！为什么把火灭掉就是把汉朝灭掉呢？因为中国古代有所谓金、木、水、火、土五德终始的说法，每个王朝都得一种德性，五种德性之间，有的相生，有的相克。具体说来，就是木生火，火生土，土生金，金生水，水生木，这叫相生；水克火，火克金，金克木，木克土，土克水，这叫相克。汉朝得火德，所以我们管汉朝又叫炎汉。正因为汉朝得火德，而水又克火，所以，这老女官才说"此祸水也，灭火必矣"！这就是"祸水"的来历。也就是说，之所以这么骂她，并不是因为女人是水做的骨肉，所以管招致祸害的女人叫祸水，而是因为有了汉朝得火德这么一个特定的历史背景，才管危害汉朝的女人叫祸水。当然，以后随着历史的变迁，"祸水"的含义越扩越大，只要是亡国的女人就叫祸水，再到后来，也不管是不是女人了，只要是导致祸乱的人或是势力，我们就都叫祸水了。

回到本篇的主人公赵飞燕身上来。虽然老女官骂的是赵合德，不是赵飞燕，但是，赵飞燕又确确实实是古代政治中最典型的红颜祸水。论起红颜，自然当之无愧；论起祸害，也是罪责难逃。

先说红颜。赵飞燕美在哪里？赵飞燕是个有特点的美女，她最大的特点就是瘦。有个成语叫"环肥燕瘦"，说的就是赵飞燕和杨贵妃截然不同的体态特征。她到底瘦到什么程度呢？有两个小故事可见一斑。

第一个故事叫留仙裙。据说，汉成帝宠幸赵飞燕姐妹之后，造了一艘能容纳千人的大船，号称"合宫之舟"，其实就是水上宫殿。赵飞燕不是班婕妤，她可没有却辇之德，就高高兴兴地跟汉成帝坐船到太液池上游玩。船既然大，自然可以在上面载歌载舞。于是，赵飞燕跳舞，汉成帝又命一个叫冯无方的侍郎吹笙伴奏。没想到船到中流，忽然刮起一阵大风。赵飞燕是个机灵的姑娘，索性趁着这阵风，扬起衣袖唱道："仙乎仙乎，去故而就新，宁忘怀乎？"什么意思呢？我要乘风归去，当神仙去了，陛下可别忘了我呀！这分明是在演戏，可汉成帝入戏太深，竟然当了真，赶紧让冯无方抓住她。冯无方死死地攥住赵飞燕的裙角，等到这阵大风过去再一看，好好的裙子都被他攥出了一大把褶子。这可倒好，从此之后，其他宫娥也都学赵飞燕的样子，故意把裙角弄出褶子来，一时之间，这种边缘带着褶皱的裙子居然成了汉朝宫廷的时装，号称"留仙裙"。想想看，一阵风就能吹走，不就是现在我们说的纸片人吗！这个故事一出来，很快就有人添油加醋了。冯无方不是抓住了赵飞燕的裙摆吗？远处的人看不清楚，还以为是抓住了她的脚，从此就传出去了一个说法，说赵飞燕能够在人的手掌中跳舞。唐朝诗人徐凝还为此写过一首《汉宫曲》："水色帘前流玉霜，赵家飞燕侍昭阳。掌中舞罢箫声绝，三十六宫秋夜长。"什么意思呢？晶莹如水的珠帘之前，月色如霜。赵飞燕就在那昭阳殿里侍奉着君王。一曲掌中舞跳完，箫声也随之静默，汉家的三十六宫都清冷下来，显得秋夜格外漫长。很明显，到了唐朝，掌中跳舞已经成了赵飞燕的标志，深入人心了。

第二个故事叫七宝避风台。大概是那次赵飞燕差点被风吹跑的经历把汉成帝吓坏了吧，后来，汉成帝命人专门修了一座七宝避风台，这高台有栏杆有顶子，从此再也不怕赵飞燕真的飞上天去。据说这件事记载在《汉成帝内传》里，到了唐朝，居然成了唐玄宗打趣杨贵妃的笑话。相传有一天，唐玄宗闲来无事看小说，正看得有趣呢，杨贵妃走了过来，问他在看什么。唐玄宗赶紧把书盖上说："不给你看，看了你又要恼了。"杨贵妃不依不饶，一定要看。那就让她看吧，抬起手来，杨贵妃一看，正是汉成帝怕赵飞燕被风吹跑，特地给她造七宝避风台那段故事。既然杨贵妃已经看到了，唐玄宗不由得起了促狭^①之心，就揶揄（yé yú）她说："尔则任吹多少。"你不怕，你胖，可以"任尔东西南北风"。想想看，这一胖一瘦两个美女，这一汉一唐两代君王，是不是特别让人浮想联翩？所以，历来诗人都愿意拿赵飞燕来跟杨贵妃做比，比如，唐代大诗人李白，就奉命写过一组《清平调》，其中第二首诗云："一枝红艳露凝香，云雨巫山枉断肠。借问汉宫谁得似？可怜飞燕倚新妆。"杨贵妃的绝世之美，到底谁能比得上呢？也只有汉宫里的赵飞燕打扮得整整齐齐的时候，才能有几分神似吧！大家千万别以为这是骂杨贵妃，其实，这正是对杨贵妃最高的礼赞。因为我们现在说四大美女，固然是西施、昭君、貂蝉和贵

---

① 心胸狭窄，也用于恶作剧。

妃这四位，但是在唐朝以前，要说四大美女，却是王昭君、班婕妤、赵飞燕和绿珠四人，拿艳冠古今的赵飞燕来比杨贵妃，杨贵妃还有什么不高兴的呢？同样，我们今天都认可杨贵妃是绝代佳人了，那么，再把赵飞燕跟她并列，号称"环肥燕瘦"，也是对赵飞燕的赞美，这就叫春兰秋菊，各一时之秀。

可是，红颜毕竟不是赵飞燕的全部，她还有一个更重要的定义，叫祸水。祸在哪里呢？作为后来居上的宠妃，赵飞燕曾经利用巫蛊事件陷害过许皇后和班婕妤，这已经在后宫中搅起了不少风浪，但这还不是她最大的危害。赵氏姐妹更大的问题在于燕啄皇孙，让汉成帝绝了后嗣。

赵飞燕最美的地方不就在于身轻如燕吗？这是她的核心竞争力，必须得时刻保持。所以，赵飞燕姐妹也和时下好多女孩子一样，把减肥当成终身的事业。据说，这姐妹俩弄了一种药，叫"息肌丸"。把息肌丸贴在肚脐上，就可以收到减肥的功效。但是，这息肌丸可不是什么健康的减肥药，它有一个致命的问题，就是它富含麝香，可能导致不孕。而无子，在后宫中可是一大麻烦。怎么办呢？这对姐妹没有把重点放在改良体质上，而是像好多宫斗剧所描摹的那样，千方百计地残害别人的孩子。《汉书·外戚传》记载了两件大案，一件叫曹宫案，一件叫许美人案。

先说曹宫案。曹宫不是汉成帝的妃嫔，而是宫里的一个女官，相当于女职员。她通《诗经》，负责给赵飞燕上文化课。汉成帝偶然看上了曹老师，就临幸了她。十个月之后，曹宫居然生下一个男孩，这对没有子嗣的汉成帝来说，本来是一件大喜事。可是，这个消息传出去后，等待曹宫的不是嘉奖，而是宦官带来的一纸手谕。这道手谕让掖庭狱丞（后宫典狱长）把新生儿关到暴室里去。所谓暴室就是后宫监狱，这么小的孩子关监狱，那不是必死无疑吗？曹宫心一横，就对狱丞说："你也知道这是谁的孩子，你看着办吧。"面对如此难题，狱丞心里也颇为犹豫，就没有为难这个孩子。这样过了三天，传令的宦官又来了，责备狱丞说："皇上和赵昭仪（赵合德）都怒了，你怎么还不把他弄死？"狱丞一听赶紧跪下道："我若不杀这孩子，那是违抗皇命，自然是死罪；可我若杀了这孩子，那是杀害皇子，日后追究起来，必定还是死罪。我怎么就这么倒霉，伸头也是死，缩头还是死呢！不如你替我转一封信，问问陛下，这孩子虽说不是皇后和昭仪所生，但毕竟是陛下的骨肉，留与不留，一定要三思而后行呀！"过了一阵，传令的宦官又来了，对狱丞说："今天夜里，你把孩子抱到东掖门，自然有人来接，以后的事你就别管了。"孩子就这样被抱走了，那母亲又该怎么处理呢？又过了三天，传令宦官再次降临，这一次不仅带着汉成帝的手谕，还带着毒药。可怜的曹宫泪如雨下，她说："我那儿子，生下来就有一撮头发特别浓密，跟皇帝陛下一模一样，这是皇家的骨肉啊，就算我惹皇后生气了，也请皇帝只杀我一个，留下孩子吧！"随即服毒自尽。可是，母亲的死并没有换来小皇子的生，这个小皇子被带走后就下落不明，从此消失了。

再看许美人案。所谓美人，是汉朝后宫的一个等级，在妃嫔之中位列第五等。换言之，这许美人跟曹宫不一样，她本身就是皇帝合法的妾。汉成帝偶尔临幸她，她也生下了一个儿子。这个儿子，汉成帝其实是有心留下来的，所以就乘着跟赵合德一起吃饭的机会，小心

明 仇英 《百美图》 ◎

翼翼地告诉了她。赵合德一听，饭也不吃了，捶胸顿足地质问汉成帝："你每次到我这儿来，都说是刚刚从姐姐那儿过来，怎么现在倒是许美人生出了孩子！你不是亲口说过，只有我们赵家姐妹才能当皇后吗？现在又要养活许美人的孩子，难道你是想让许美人日后母以子贵吗？"说罢就一头撞在墙上。汉成帝是个深宫之中长大的文雅男人，他年轻的时候，接触的都是班婕妤那一类温良恭俭让的淑女；即便是宠幸了赵飞燕姐妹之后，看到的也都是美人轻歌曼舞的那一面，他哪里见过如此泼辣，如此决绝的美女！汉成帝被吓住了，赶紧解释道："我今天特意把这件事告诉你，不就是不想瞒你吗！我决不会立许氏为皇后，天下没有哪个女人能在你们姐妹之上，你放心吧！"就这样，汉成帝又妥协了。他让宦官拿一封手谕去找许美人，还对宦官说："许美人看到手谕后会把一个东西交给你，你拿回来就是。"不一会儿，宦官拿回来一个苇编的筐子。汉成帝把下人都打发走，房间里只剩下他本人、赵合德和那个筐。又过了一会儿，房门打开了，汉成帝对门外守候的宦官说："筐里有一个死孩子，你找个隐蔽的地方埋了吧！"这就是许美人案。据说，除了这两件事，赵合德还曾经逼迫若干个怀孕的妃嫔堕胎。就这样，因为赵飞燕姐妹的嫉妒，当然，也因为汉成帝的配合，自从她们进宫，后宫里就再也没有听到过婴儿的哭声，汉成帝的血脉就此断绝，这当然对西汉后期的历史产生了重大影响。

慢慢地，长安城传出了一首童谣："燕燕尾涎（diàn）涎，张公子，时相见。木门仓琅根。燕飞来，啄皇孙。皇孙死，燕啄矢。"什么意思呢？"燕燕"暗指赵飞燕，"尾涎涎"则是形容燕子尾巴毛光水滑。"张公子"指的是富平侯张放，此人在汉成帝处非常得宠，经常跟汉成帝一起穿街度巷，寻欢作乐。当年，就是他们俩一起，在阳阿公主家看中了赵飞燕。"木门仓琅根"是指木头门上安着铜铺首①，这是宫廷的象征。明白了这些，我们也就知道这首童谣的意思了：燕子燕子，尾巴滑，张公子，见到她。把她带进皇宫门。燕飞来，啄皇孙。皇孙都被啄死，燕子只好吃屎。这不就是影射赵飞燕姐妹谋害皇家子弟，诅咒她们不得好死吗！再到后来，"燕啄皇孙"就成了一个成语，专指后妃谋害皇子。

看完这个歌谣，可能读者朋友会觉得奇怪，这两个故事中，杀死皇子的明明是妹妹赵合德，怎么歌谣却把它安到姐姐赵飞燕头上了呢？这里有两个缘故。首先，赵飞燕位置更高，知名度也更高，赵飞燕是皇后，赵合德是昭仪；其次，正是因为赵飞燕的引荐，赵合德才得以进宫，所以赵飞燕是始作俑者。把妹妹做的坏事算在她头上，也并不算冤枉。

但是，还有更重要的原因。其实，这两件案子能够浮出水面，这首歌能够在长安城传唱起来，都是政治斗争的结果。怎么回事呢？西汉绥和二年（前7），汉成帝突然死去。前天夜里，他睡在了赵合德的昭阳宫。早晨起床，只穿了一半的衣服就倒在了地上，身体僵硬，口不能言，没过多久就一命呜呼。这些症状，我们今天一看就知道，是突发心脑血管疾病了。可古人并不这么想，他们觉得，皇帝算是死在了赵合德的床上，赵合德当然罪责难逃。在汉成帝的母亲王太后的

---

① 中国古代建筑门上的装饰物，一般铸成兽头衔着圆环的样子。

干预下，丞相、御史和廷尉组成了一个调查组，专门调查汉成帝的死因。赵合德不堪压力，自杀了。

赵合德自杀，赵飞燕怎样呢？赵飞燕短时间内安然无恙。为什么她没有被追责呢？因为汉成帝无子，就在此前一年，赵飞燕劝汉成帝立了他的侄子定陶王刘欣为太子。此刻，刘欣接班当了皇帝，这就是汉哀帝。赵飞燕对汉哀帝有功，所以，汉哀帝也投桃报李，仍然尊她为皇太后。可是这样一来，他们就得罪了一个真正的实权派人物。谁呢？汉元帝的皇后，汉成帝的母亲，王太皇太后王政君。王政君本来就不喜欢出身低微的赵飞燕，现在，赵飞燕不仅让她的儿子绝了嗣，还通过谋立汉哀帝来继续耀武扬威，她岂能容忍！就是在这种情况下，曹宫和许美人的案子都被翻出来了，虽然因为赵飞燕是当朝太后，王太皇太后没敢直接指斥她，而是把罪责都推到了赵合德身上，但是，就算不点名批评，赵飞燕又怎么可能不受影响呢？这样含沙射影还不够，他们还编出了一个"燕飞来，啄皇孙"的童谣，让这童谣拽住赵飞燕的尾巴，让她在宫里也罢，在民间也罢，都成了万劫不复的罪人。没过几年，赵飞燕拥立的汉哀帝也死去了。汉哀帝死后，王政君的侄子王莽彻底掌握了汉朝的大权。到这个时候，赵飞燕再也没有了靠山，她被贬为庶人，打发到汉成帝的延陵去守陵，因不堪羞辱，随即自杀身亡。

怎么评价赵飞燕呢？东汉班固修《汉书》，在《成帝本纪》中讲了这么一段话："臣之姑充后宫为婕妤，父子昆弟侍帷幄，数为臣言：成帝善修容仪，升车正立，不内顾，不疾言，不亲指，临朝渊嘿，尊严若神，可谓穆穆天子之容者矣！博览古今，容受直辞。公卿称职，

王莽篡汉

汉哀帝当了六年皇帝就驾崩了，他没有子嗣，王莽便建议迎接中山王为帝，史称汉平帝。

汉平帝年仅九岁，所以由王太皇太后临朝听政，国政则掌握在王莽手里。

公元5年，王莽毒死汉平帝，自称"假皇帝"。

公元9年，王莽称帝，改国号为"新"，篡夺了汉朝的江山。

奏议可述。遭世承平，上下和睦。然湛于酒色，赵氏乱内，外家擅朝，言之可为於邑。"什么意思呢？当年我的祖姑母（班婕妤）当婕妤的时候曾经告诉过我，成帝是一个很有道德的皇帝，而且博古通今，有容人之量。那个时候，国家也被他管理得很好。可是，他后来沉湎酒色，赵飞燕祸乱后宫，王氏（王政君）一族祸乱朝廷，说起来都让人呜咽流涕呀！这段评价非常有趣。表面上是在讲汉成帝先明后昏的履职表现，内里却把汉成帝的清明和班婕妤联系在一起，又把汉成帝的荒淫和赵飞燕联系在了一起，让人隐约感觉是班婕妤成就了汉成帝的明，而赵飞燕则造成了汉成帝的暗。我们今天当然可以批判"红颜祸水"的观点，反对把国家兴亡全然系于后宫妃嫔的裙带之上，但如果真的完全撇清关系，其实也就顺带抹杀了宫廷女性可能对政治产生的正面影响，而这种影响，哪怕是班固都不愿意轻易抹杀。事实上，进入后宫，也正是中国古代女性对政治产生直接影响的最主要方式。

欲戴王冠，必承其重。后妃的身份，归根结底还是政治身份，而不仅仅是家庭身份、性别身份。从这个角度讲，赵飞燕确实不是一个合格的皇后，她利用了自己的红颜，但她也辜负了自己的红颜。一直以来，我们总希望美能够成就善，可惜，赵飞燕的楚楚红颜，终究还是配不上汉朝的昭昭青史。

【思考历史】

◇ 王莽为何要迎立年幼的孩子当皇帝？为什么不直接自立为帝？他又是怎样一步一步窃取政权的？王太皇太后为何没能阻止他？

◇ 赵飞燕为了巩固自己的宫中地位采取了哪些手段？她的做法对吗？

糟酊何須問主賓與
來魚鳥永相親菷松
幹竹真佳客明月清
風是故人
婁水王鑑

清 王鑒 仿黃公望《山水》◎

两汉是中国古代儒学发展的重要时代。儒家推重君子，而君子的特点，就体现在君子的修为方式中。这种方式就是《礼记①·大学②》中所讲的"八条目③"：格物、致知、诚意、正心、修身、齐家、治国、平天下。凡是能有这样修为的人，我们就称之为"君子"，这也是中国古代的人格典范。那么，如果有这样修为的人是一位女性，又该如何称呼呢？可能有人会觉得，应该称之为"淑女"吧？"淑女"这个称呼不是不好，但还不够尊贵，在中国古代，更尊贵的称呼是"大家"，在这里，家的读音是 gū 。本文的主人公班昭就是一位被称为"大家"的女性，之所以如此称呼她，是因为班昭几乎可以算是古代妇女中的一位全才，一个完人。

----

① 儒家经典之一，是秦汉以前各种礼仪论著的选集，相传由西汉戴圣编纂。内容有《礼运》《学记》《乐记》《中庸》《大学》等四十九篇。

② 古代的"大学"不是指大学生的学校，而是广博学习、修养品格，以从事治国平天下的事业的大学问。

③ "八条目"是成为君子，修德立世的实践路径。

　　为什么说班昭是妇女中的全才，而不说她是才女呢？因为全才跟才女不是一回事。所谓才女，在中国古代一般特指文学才能，比如，卓文君有《白头吟》，蔡文姬有《悲愤诗》，李清照更是一代词宗，这些人都在文学史上留下了名字，都是标准的才女。但要说全才，那就不仅仅是文学才能了。就拿班昭来说吧，此人是文学家，留下了汉赋中的名篇《东征赋》；她还是史学家，继承哥哥班固的遗志，续修《汉书》中的八表和《天文志》，妇女修史，不要说在中国历史上，就是在世界历史上也非常罕见；她又是道德家和教育家，写过著名的《女诫》，这是中国历史上第一部妇女教材，影响中国女性长达两千年之久；她还是政治家，辅佐东汉时期著名的掌权太后邓太后，她死后，

班固

　　东汉史学家、文学家。父亲班彪去世后，他继承父亲遗志，继续完善父亲未完稿的《史记后传》，但不料被告发私改国史，因此入狱。幸好他的弟弟班超上书力辩，他才得以被无罪释放。后来，他奉诏继续撰写史书，在父亲《史记后传》的基础上，撰写了《汉书》。

　　待他去世时，《汉书》还有一些部分尚未完成，便由其妹妹班昭和马续代为补全。

　　《汉书》主要记载了西汉的历史，是中国第一部纪传体断代史。

邓太后亲自为她素服①举哀。这么多才华集中在一个人身上，这才叫全才。可是问题也就来了，这么一位全才型的女性，如何用短短的篇幅讲完她的一生呢？我给大家呈现三个片段。

第一，上书救兄。班昭有两个哥哥。大哥叫班固，主体上是个文人，最大的成就是修《汉书》；二哥叫班超，主体算是个武将，最大的成就是两次出使西域，收复西域数十个城国，为东汉的西北安全做出了重大贡献。我们熟悉的成语"投笔从戎""不入虎穴，焉得虎子"都是他这儿来的。正因为班超有这般功劳，东汉朝廷才任命他为西域都护，又封他为定远侯。万里封侯，这当然是莫大的荣耀，但是，这荣耀背后，也隐藏着班超的辛酸。什么辛酸呢？班超永平十六年（73）出使西域，此后就一直驻守在遥远的边陲，当年跟他一起出使的人先后谢世，班超也已年近古稀，可朝廷就是不让别人来替换他。古人讲究叶落归根，眼看自己行将就木，班超一天比一天渴望回家。到汉和帝永元十二年（100），班超终于忍耐不下去了。他给汉和帝上疏说："臣不敢望到酒泉郡，但愿生入玉门关！"什么意思呢？中国古代有一条连接中原和西域的大通道，那就是大名鼎鼎的河西走廊②。酒泉郡是河西走廊上的一个重镇，而玉门关，则是河西走廊最西头的关口，也就是当时的胡汉分界线。东行跨过玉门关，就算进了中原的地界，而酒泉郡，则是在玉门关以东，更靠近内地的地方。班超的意思是说，

---

① 居丧或遭凶事时所穿的白色冠服。

② 在甘肃省境内，因在黄河之西，因此称河西走廊。自古是中原通往新疆及中亚、西亚的交通要道。

臣不敢指望再回到内地，只求能活着进入中原的大门，就死而无憾了！一个老臣，说出这样的话来，已经足够哀婉动人了吧？可是，汉和帝还是不批准。为什么呢？因为西域太远了，没人愿意去；而班超又干得太好了，汉和帝也害怕换人之后，西域局势会有变化。就这样又拖了两年多，班超的身体状况更差了，眼看就要埋骨他乡，怎么办呢？这个时候，班昭替哥哥上书了。她怎么说呢？班昭除了跟哥哥一样剀（kǎi）切①陈情，恳求皇帝哀怜老臣之外，还悄悄地增加了一条理由：西域那边都是"蛮夷"，蛮夷贵壮而贱老，若是他们看见班超这么大岁数还在守边，难保不会趁机生事，犯我边关。到那个时候，如果班超力不从心，守不住陛下的大好河山，还请陛下千万不要杀我们全家呀！这条理由表达得真到位。表面上是说，我为我的哥哥伤感，也替我们班家的前途担忧，符合班昭作为妇女守护家庭的本分；其实背后隐含的意思却是，我怕陛下您迁延误事，最后导致江山不保！皇帝不见得是慈善家，但一定是政治家，他们固然可能不在乎老臣的生死，但是一定会在乎国家的利益。看到班昭的上书，汉和帝终于不再犹豫，随即召回班超。就这样，在汉和帝永元十四年（102）八月，班超终于回到洛阳，一个月之后，在家中溘然长逝。这已经远远超过了他所梦想的"生入玉门关"，而是埋骨桑梓地②了。能够在这件事上发挥作用，可见班昭不仅是个有文才的女性，更是个有智慧的女性，她知道什么叫硬话软说，柔中带刚。

---

① 切中事理。

② 桑和梓是古代家宅旁边常栽的树木，因此成为故乡的代称。

第二，劝谏邓太后。东汉有一个很重要的时代特征，那就是皇帝短命，母后临朝。接受班昭上书的那位汉和帝[1]年仅二十六岁就去世了，此后接连两任皇帝都是孩子[2]，由汉和帝的妻子邓太后主政。邓太后当时也只是一个二十五岁的青年女子，常年生活在深宫之中，没什么政治经验，所以难免会任用外戚。替邓太后出力最多的，是邓太后的哥哥，大将军邓骘（zhì）。兄妹两个同心协力，一个在朝廷，一个在后宫，好不容易才把局面稳定下来。可是，就在这个时候，他们的母亲去世了。汉朝号称以孝治天下，母亲去世，儿子必须辞官守丧。邓骘也按规矩提出了申请。没有哥哥在身边扶持，邓太后心里发慌，就打算不批准哥哥的辞呈，让他继续当官。这在古代叫起复[3]，也叫夺情。意思是说，为了国家需要，剥夺个人私情。可是，真要起复邓骘，邓太后又怕冒天下之大不韪，让人抓住把柄。怎么办呢？当时，班昭已经在宫里给后妃当老师很多年了，邓太后是她的学生，非常信任她，就去咨询班昭。平心而论，邓太后这个问题真不好回答。因为我们中国人做事有一个原则，叫"疏不间亲"。太后对班昭再尊重，她也终究是个外人，而邓骘是太后的哥哥，那是至亲。班昭如果说，邓大将军应该辞职守丧，那她不就是以疏间亲吗？邓太后就算当场不

---

[1] 汉和帝公元88年即位，当时年仅十岁，由窦太后临朝，外戚窦宪等专政。永元四年（92），汉和帝捕杀窦氏及其党羽后亲政。

[2] 汉和帝不到三十岁便去世，之后，出生才百余日的汉殇帝即位，其去世时在位仅八个月。接着，当时才十几岁的汉安帝被邓太后与她的兄长邓骘迎立为帝。

[3] 重新被复职起用的意思。

翻脸，日后也难免心生芥蒂。可是，如果班昭顺着太后，说为了国家，不如起复邓大将军，那又违反了儒家的原则，也违背了班昭个人的良心。

两难之间，班昭怎么当参谋呢？她说："人最高尚的品德莫过于谦让，所以先贤伯夷、叔齐 ① 推让国君之位，天下都佩服他们；太伯让位给弟弟季历 ②，孔子也再三称赞。《论语》有云，能用礼让治国，为政还有什么困难呢？由此可见谦恭退让在政治生活中的力量。如今国舅有大功于天下，而又急流勇退，这本来是极得人心的谦让之举，如果太后您因为边关未宁而挽留他，我怕日后国舅若是有点什么小过失，人们会翻旧账，不依不饶呀。到那个时候再免官，不仅官位不保，谦让之名也不可复得了。"这番劝谏说得太到位，也太巧妙了。本来讲的是政治上的大事情，礼教上的大名目，但是，班昭却把立足点落在邓家日后的前途命运上，提醒太后，若是在这件事上违了礼，给人落下口实，日后再有风吹草动，邓家可就连反攻之力都没有了；因此，倒不如先退一步，暂时放弃政治高地，而去占据道德高地。这不是义正词严讲道理，而是像闺密一样，处处替邓太后考虑，这样的劝谏，邓太后怎么可能不接受呢？从这件事上，我们又可以看出来，

---

① 伯夷、叔齐是商朝末年孤竹君的两位王子。孤竹君去世前立叔齐为君。叔齐认为尊卑有序，应该由哥哥伯夷继承王位。两人相互谦让，都不愿意做国君。

② 周太王有三个儿子，太伯、仲雍和小儿子季历。按古代礼法应该由大儿子太伯继承王位，但周太王想传位给小儿子季历，因为他认为季历的儿子姬昌（未来的周文王）将带领人民走向强盛。太伯知道后，便带着二弟仲雍离开了故乡，将王位让给了弟弟季历。

班昭不仅有文才，更有智慧，这仍然是硬话软说，柔中有刚。

第三，撰写《女诫》。说起《女诫》，大家都不陌生。中国古代妇女最重要的行为规范叫"三从四德"。什么是"三从"？未嫁从父，既嫁从夫，夫死从子①。什么叫"四德"？妇德，妇言，妇容，妇功。《女诫》一共七篇，最主要的内容，其实就是"三从四德"。而且，为了证明"三从四德"的合理性，班昭还说了一些比较极端的话，比如，"生男如狼，犹恐其尪（wāng）；生女如鼠，犹恐其虎"等等，生个男孩像狼一样，还怕他性子孱弱；生个女儿像老鼠一样，还怕她像老虎一样凶猛彪悍。这些言论，不要说当代妇女一听就气炸了肺，就是古代妇女，也并不怎么愿意接受。其中，最有力的挑战就出自班昭的小姑子。当时，班昭嫁给了同郡一个叫曹世叔的人，曹世叔本人并不特别出名，但他有个妹妹，名叫曹丰生，却是一个既才且慧的女子。她坚决不同意嫂子的言论，还曾经写文章跟班昭辩论。想想看，连生活在同时代的小姑子都难以认同，可见班昭的这套理论确实有可争议之处，所以很多人说，《女诫》是给妇女套上的精神枷锁，是班昭最大的人生败笔。

是不是呢？其实并不完全如此。我们评价古人的言行有一个很重要的原则，叫知人论世。所谓知人，就是了解她是谁；所谓论世，就是了解她的处境。只有把个人处境和时代背景都弄清楚了，再去评价一个人，才不会马后炮、想当然。班昭是什么人呢？她不仅仅是个

---

① 没有出嫁前，听从父亲的安排。出嫁后听从丈夫的安排。丈夫死后，听从儿子的安排。

女人，其实也算是个大臣。她长期出入宫廷，给后妃当老师，在政治上颇有影响力。在这种情况下，怎么给自己找定位呢？班昭拿出来的，就是《女诫》。《女诫》确实讲三从四德，可三从四德只是行为规范，它背后的精神是什么呢？背后的精神其实是谦让恭敬，先人后己。这既是妾妇之道，也是臣子之道，而且是中国古代极为推崇的臣子之道。事实上，班昭不仅是这么说的，也是这么做的，所以终其一生，她有权力，但是无非议，这就是班昭的不凡之处。

再说论世。班昭身处的东汉王朝，正是中国历史上太后专权最盛的时代之一。班昭的学生邓太后，就先后扶立两个小皇帝，掌权长达十六年之久。班昭身为正统儒家知识分子，当然不愿意看到这种局面，所以，她极力强调男强女弱，男主女从，其实也有现实政治的考量。只不过，这种考量太微妙，无法说破，只能以《女诫》这种形式反映出来罢了！这仍然是硬话软说，柔中带刚，这是属于水的智慧，也是属于女性的智慧。有了知人论世这个前提，再来看《女诫》，就会发现，它有它的迂腐，却也有它的通达。通达在哪儿呢？就拿"四德"来说吧，班昭说："夫云妇德，不必才明绝异也；妇言，不必辩口利辞也；妇容，不必颜色美丽也；妇功，不必工巧过人也。"上来就是四个否定句。妇德不需要见解高明，妇言不需要伶牙俐齿，妇容不需要沉鱼落雁，妇工也不需要手艺精巧。那样的标准太高了，而且涉嫌卖弄，不是普通女性应该追求的。既然如此，"四德"到底是什么呢？她说："清闲贞静，守节整齐，行己有耻，动静有法，是谓妇德。择辞而说，不道恶语，时然后言，不厌于人，是谓妇言。盥浣尘秽，服饰鲜洁，沐浴以时，身不垢辱，是谓妇容。专心纺绩，不好戏笑，洁齐酒食，以奉宾客，是谓妇功。"什么意思呢？所谓妇德，就是有廉耻。所谓妇言，就是有分寸。所谓妇容，就是爱干净。所谓妇工，就是能干活儿。这个要求高不高？其实并不高。班昭自己方方面面都做得比这好，但是她说，这就够了。作为一个妇女，有廉耻，有分寸，爱干净，能劳动，就算是四德无亏，在家庭也罢，在社会也罢，就应该受到尊重。这样的要求，对今天敢打敢拼，也能打能拼的独立女性来讲自然比较保守，但是，对那些没有社会身份，一辈子只能操持家务的古代妇女而言，却未尝不是一种善意和保护。所以，它才能够流传开来，成为两千年之间的妇女规范。直到近代，整个社会结构都发生天翻地覆的变化，妇女的受教育水平、经济能力都有了全方位提升，两性关系也发生了前所未有的改变，它才被"妇女能顶半边天"的新结论打破。

宋朝有个叫徐钧的诗人，曾经为班昭写过一首诗："有妇谁能似尔贤，文章操行美俱全。一编汉史何须续，女戒①人间自可传。"什么意思呢？古往今来，哪个妇女能够有你之贤？文章和操行二美俱全。就算是你不续修《汉书》都没什么关系，一本《女诫》已经足以让你的名声千古流传。仔细想来，从影响的时间、影响的群体和整体影响力来说，徐钧这个说法其实并不过分。

那么，班昭为什么会如此才德俱全呢？其实，这并不全是她一个人的本事，而是整个班氏家族的接力赛。这接力棒的第一棒，是班婕妤的父亲班况。班况的功劳，在于树起了扶风班氏的大旗。要知道，

---

① 古籍中，《女诫》《女戒》，两种书名均有。

在班况之前，班氏家族还是楼烦（也就是今天山西宁武）的一支地方势力。到了班况，因为打匈奴有功，这才把家迁到陕西的扶风，算是打进了首都圈。从此再说到班家，那就不再是楼烦班氏，而是扶风班氏了，这是第一棒。班家的第二棒交给了班婕妤。班婕妤入宫受宠，让这个家族进入了西汉的政治高层。当年，班婕妤在后宫中以礼法自持，历经劫难却屹立不倒，既可以看出这个家族的门风之美，其实也不乏为整个家族利益忍辱负重的用心。班家的第三棒，交给了班婕妤的侄子，也就是班昭的父亲班彪。班彪的功劳，在于让班氏家族顺利地从西汉过渡到了东汉。班婕妤死后不久，汉朝就陷入大乱之中，先是王莽篡汉，建立了新朝；紧接着，就是宗室刘秀起兵，削平群雄。就在这干戈扰攘之际，班彪为躲避祸乱，跑到了甘肃。当时，割据甘肃的军阀叫窦融，班彪给窦融当参谋，劝他归附光武帝刘秀。在他的劝说之下，窦融归汉，成为东汉建国的大功臣。光武帝论功行赏，也没有忘记班彪的功劳，让他当了徐令。徐令虽然官不大，但是，它毕竟让这个家族摆脱了一朝天子一朝臣的命运，在新王朝重新站稳了脚跟。此后，班彪就把全部精力投入学问中。他觉得，司马迁修《史记》已经过去一百多年了，虽然有人续修，但是水平都很差。他发誓要写出一部像样的《史记后传》来，所以晚年的时光都用来修史了。众所周知，学者家庭对子女教育最为有利，班彪潜心学问，果然培养出了三个好儿女。这三个儿女，就共同构成了班家崛起的第四棒。他们都是谁呢？老大班固，中国历史上最伟大的史学家之一；老二班超，中国历史上最伟大的外交家之一；老三就是我们这一节的主人公班昭，中国历史上最全能的女性之一。我们此前说班昭是个全才，她的才能来自哪里？很明显，她的史才来自爸爸班彪和哥哥班固，她的道德才能来自祖姑班婕妤，她的政治才能则来自整个班氏家族前赴后继的政治实践。有了这一门贤达世世代代的铺垫和榜样，班昭从小耳濡目染，长大之后才能百尺竿头，更进一步。

我们中国人若是有了杰出的成就，常常会很谦虚地说，这是"上锡天恩，下昭祖德①"，天恩也许缥缈，但"下昭祖德"却是实实在在的，它其实就是整个家族接力式的奋斗。这种奋斗模式跟纯粹的"个人奋斗"不一样，它固然强调各尽所能，但是，更强调可持续发展。而这可持续发展的依托，其实就是代代相传的家风家教。它让人在家族的大环境里熏染，少成若天性，习惯如自然。直到今天，我们依然重视家风家教，道理就在这里。

班昭早年嫁给了一个叫曹世叔的人。古代妇人从夫，所以，汉朝的宫廷里都管班昭叫"曹大家"。什么是"大家"呢？字典里的解释是古代对老年妇女的尊称。其实，说白了，这就是我们今天说的女先生。比如，现在，我们还会说冰心先生②、叶嘉莹先生等。有人说，把女人叫成先生，和给女人冠夫姓一样，都是男权思想的体现，并没有比《女诫》先进多少；也有人说，先生虽然是男性的普遍称谓，但自古以来，它都有一个很重要的含义，就是指年长而有学问的人，所以，称呼一位年高德劭的女性为"先生"，并不算错。个人认为，人类的语言本来就在不断发展变化之中，在这个激烈变革的时代，在

---

① 上蒙皇上天恩浩荡，下借祖先荫德庇佑。
② 中国女作家，原名谢婉莹。著有诗集《繁星》《春水》，散文集《寄小读者》等。

新旧传统之间，让子弹多飞一会儿并不算错，暂时也不可能有一种意见可以做到独霸天下；我更想告诉大家的是，如果我们把眼光无限放远，投射到遥远而神秘的金星之上，就会发现，有一个陨石坑就是以班昭的名字命名的，那个烙印在天上的名字，超越了所有的争执，代表着深深的认可和敬意。

【思考历史】

◇ 《女诫》《列女传》都是古代教育女子的书，它们在当时的社会背景下起到了什么作用？又存在什么问题？

◇ 了解班超和班固的故事，说一说班氏兄妹三人有什么共同点？

中国古代的王朝，其兴也勃焉，其亡也忽焉。生活于其间的人物，也不免被时代裹挟，跟着时代起落沉浮。当一个王朝沉入谷底的时候，那个王朝的女性可能比男性更悲惨，因为她们更柔弱；那个时代的才女，又会比普通女性更辛酸，因为她们更敏感。本文的主人公就是一位在东汉王朝的没落中饱经忧患的女性，她的名字叫蔡琰，字文姬。稍稍熟悉中国文学史的人都知道，她的《悲愤诗》是中国古代文人创作的第一首自传体长篇五言叙事诗，另一首传唱至今的古乐府琴曲歌词《胡笳①（jiā）十八拍》，相传也是蔡文姬所作。

在中国戏剧和中国画里，有两个母题相似度很高，而且都很流行。这两个母题的主人公都是女性，都穿行在大漠风雪之中，手里都拿着一件乐器，不同之处在于，她们一个拿的是琵琶，另一个拿的是胡笳。说到这里，读者朋友可能已经猜出来了，拿琵琶的那位是王昭君，经典故事是昭君出塞；拿胡笳那位是蔡文姬，经典故事是文姬归汉。

---

① 我国古代北方民族的一种乐器，类似笛子。

清 弘昕 《翠巘高秋图》◎

从表面上看，昭君出塞是往外走，所以更像是个悲剧；而文姬归汉是往回来，所以更像是个喜剧。但实际情况并不完全如此，因为王昭君生活在西汉的承平时代，她为国和亲虽然辛苦，但毕竟地位尊显，生荣死哀；而蔡文姬生活在东汉末年，是被乱兵俘虏到了南匈奴，此后虽然历尽千辛万苦又回到中原，但是，其中的辛酸，却令人一言难尽。那么，蔡文姬到底是怎样一个人，文姬归汉背后又有哪些曲折呢？还是一起看看她人生中的三个片段吧。

第一，文姬辨琴。据说，蔡文姬六岁的时候，她爸爸蔡邕①夜间弹琴，突然断了一根弦，蔡文姬马上说："是第二根弦断了。"蔡邕吃了一惊，又有点半信半疑，于是说："你这不过是偶然猜中罢了。"又若无其事地接着弹起琴来。过了一会儿，他故意又弄断了一根弦，蔡文姬马上说："第四根断了。"蔡邕这才相信，女儿的辨音能力果然了得。文姬辨琴这件事在古代非常出名，蒙童教材《三字经》里就有这么一段："蔡文姬，能辨琴。谢道韫，能咏吟。彼女子，且聪敏。尔男子，当自警。"经过《三字经》的普及，文姬辨琴几乎成了妇女才慧的代名词。这样的小神童是怎么造就的呢？其实，我之前写班昭的时候就提到过，中国古代的才女一般都有家族背景。班昭如此，蔡文姬也不例外。班昭从家族继承下来的是史学才能，而蔡文姬从家族继承的，则是音乐才华。蔡文姬的爸爸蔡邕是东汉名士，家里藏书

① 东汉文学家、书法家。汉灵帝时任议郎，因得罪宦官被流放。董卓把持朝堂后，蔡邕官至左中郎将，后世称为蔡中郎。董卓被诛杀后，蔡邕被定罪并死在牢狱中。至于死因，有人说是因为他为董卓叹息；有人说是因为他过于直率，得罪了权贵。

多，书法写得好，尤其精通音律。《后汉书》记载了他的一个小故事。有一天，蔡邕到别人家里吃饭。刚刚走到门口，就听里面传来的琴声中隐隐含有一股杀气。蔡邕很意外，心里想，这请我吃的，难道是鸿门宴？不敢进门，转身就走。主人看到后马上追出来询问，蔡邕也就说出了心中的疑虑。主人很意外，赶紧问琴师：谁得罪你了，你怎么会有杀心呢？琴师说：我没动杀心呀，只不过我刚才弹琴的时候，看见一只螳螂正要扑向鸣蝉，蝉要飞却又不飞，螳螂要扑却又没扑。我有点替那螳螂着急，这难道就是您所谓的杀心吗？这个故事太传奇了，听琴音而知杀意，这需要多好的感受力！蔡文姬得到这样的遗传和熏陶，怎么可能不会辨琴呢？这样看来，蔡文姬真是在一个好人家长大的姑娘。这样的姑娘，最有可能向班昭那个路子发展，事实上，当年蔡邕给女儿取的字就是"昭姬"，也就是学习班昭的意思。只是后来人们为了避晋文帝司马昭的讳，才改成文姬，这跟王昭君被改成王明君是一个道理。可是，谁也没想到，突如其来的政治变故打碎了蔡文姬一家的安排，让她离班昭越来越远，反倒走上了一条连王昭君都不如的道路。这又是怎么回事呢？

这其实就是第二个故事——文姬归汉。蔡文姬家在陈留圉（yǔ）县，也就是今天河南省的杞县，长大之后，她嫁给了河东的卫仲道。卫仲道是西汉卫青的后人，所以也是高门联姻，门当户对。只可惜卫仲道短命，婚后很快就去世了，蔡文姬又回到了陈留娘家。这是不是有点像卓文君故事的开头？没错，蔡文姬和卓文君都是少年守寡，回到娘家，但是，卓文君在娘家等来了大才子司马相如，而蔡文姬等来的，却是一伙儿乱兵。个中缘故，还得从东汉末年的董卓之乱说起。

东汉后期，诸番内附，汉朝也愿意利用他们的优势，让他们当兵打仗。董卓原本是陇西豪强，跟羌人打仗打出了名，手下的士兵也是胡汉混杂，战斗力非常强。这样的兵将放在边疆，本来是挺好的一件事。可是，东汉末年，外戚和宦官交替专权，彼此之间水火不容。到了汉少帝时期，外戚何进为了打击宦官，就出了一个昏着儿，招董卓入朝，让他铲平宦官。董卓一到洛阳可不得了，他仗着兵强马壮，很快就把朝廷控制到了自己手里，甚至连皇帝，都从汉少帝换成了汉献帝。

董卓之乱

外戚权臣何进想要打击宦官集团，而太后又担心何进专权，不太同意。于是，袁绍等人向何进建议征召董卓等四方猛将进京，胁迫太后，杀掉宦官。

宦官们知道消息后，先下手为强，假传太后懿旨，招何进入宫，并杀了他。见何进被杀，袁术、袁绍带人杀入宫中，开始剿灭宦官。宦官们见状，劫持了少帝和陈留王，从宫中出逃。于是有了董卓迎救少帝，废黜少帝，拥立陈留王为汉献帝，进而把持朝政的故事。

之后，汉献帝于建安元年（196）被曹操迎都于许（今河南许昌东），成为曹操号令诸侯的工具。220年，曹操的儿子曹丕代汉称帝，汉献帝被废为山阳公。

这不是要改朝换代吗？关东的各路诸侯当然不干，于是，他们就公推渤海太守袁绍做盟主，起兵反对董卓。熟悉《三国演义》的朋友都知道，这正是三国开篇时的情景。

诸侯讨伐，董卓怎么办呢？他干脆驱赶着洛阳城内外百万人口西迁长安，随后，他的部将李傕（jué）、郭汜（sì）又率领手下的羌胡士兵在洛阳附近的陈留、颍川等地纵兵大掠。蔡文姬家不就在陈留吗？此刻也被掳掠而去。这就是蔡文姬在《悲愤诗》里所写的："平土人脆弱，来兵皆胡羌。猎野围城邑，所向悉破亡。斩截无孑（jié）遗，尸骸相撑拒。马边悬男头，马后载妇女。"什么意思呢？平原地区的人软弱，根本抵抗不了那气势汹汹的北方胡羌。乱兵践踏庄稼，围攻城池，所到之处无不家破人亡。他们疯狂砍杀一个不留，死人的骸骨交叉相抵。他们的马边悬挂着男人的首级，马后捆绑着抢来的妇女。想想看，这悲惨的场面，蔡文姬可不是冷眼旁观，事实上，她就是那马后所载的妇女之一啊，一个平时只知道读书弹琴的大家闺秀，忽然面对这样的天崩地裂，该是何等绝望，何等无助！

可是，故事到这里还没有完。蔡文姬不是被董卓的部下抢走了吗？没过多久，本来早已归附东汉的南匈奴又趁火打劫，在河西、内蒙古一带大肆掳掠，大概就在这个时候，蔡文姬又被南匈奴的二号人物左贤王俘虏了。可能有的读者朋友会说，接下来的事情我知道了，蔡文姬嫁给了左贤王，成了匈奴的阏氏，还跟左贤王生了两个孩子。是不是呢？虽说这个说法流传很广，但很可能并不是真的。因为有关蔡文姬的记载基本都出自《后汉书·列女传》，而《列女传》的原文是这么写的："（蔡文姬）没于南匈奴左贤王，在胡中十二年，生二子。"大家注意到没有？她是"没于"左贤王，而不是嫁于左贤王，也就是说，蔡文姬被左贤王掳走不假，她在胡地生了两个孩子也不假，但是，没有证据证明，她当了左贤王的阏氏。可能读者朋友会认为，蔡文姬这么才貌双全的女子，难道不是理所当然要匹配一个贵人吗？这可就难说了。给大家举一个北宋的例子吧。北宋亡国的时候，宋徽宗活着的女儿一共有二十一个，其中，活着到了金国，被纳为妃子或者成为官员夫人的只有五人，其他的公主，或者死在路上，或者死在各路将领的营寨里，还有九个人，干脆进了金国的洗衣院。什么是洗衣院？有人说相当于中原王朝的后宫，但是，也有更多的学者认为，那只不过是金朝的国家妓院而已。想想看，金枝玉叶的公主尚且如此，何况一个辗转掠夺来的蔡文姬呢！就算在左贤王身边，她恐怕也只是左贤王一个没有名分的侍妾而已。

身处冰天雪地的塞外，周围都是言语不通的人，蔡文姬岂能不深深思念家乡？每次有人从中原来，她都会欢喜地迎上去，向人家打听家乡的消息，可是，人家总是告诉她，我跟你并非同乡邻里。这就是《悲愤诗》里所写的："有客从外来，闻之常欢喜。迎问其消息，辄复非乡里[①]。"就这样，在无数次希望和无数次失望之中，十二年过去了，她生下了两个孩子，几乎就要在草原扎下根来了。

可是，就在这时候，事情又有了新的转机，曹操派人来接她了。曹操一代枭雄，怎么会跟蔡文姬有联系呢？因为曹操是蔡文姬爸爸蔡

[①] 每当有远方的客人来到这里，我听闻就觉得非常欢喜，急匆匆上前打听家乡的消息，但总是并非我的乡里乡亲。

邕的朋友。这朋友关系好到什么程度？现存史书里并没有任何具体记载，但是，曹操的长子曹丕说，这两个人是"管鲍之交①"。而管鲍之交，正是我们中国人心目中朋友交往的最高境界之一。当年，管仲卑微的时候，别人都误解他，诋毁他，只有鲍叔牙赏识他，相信他，所以管仲富贵之后，才会无限感慨地说："生我者父母，知我者鲍子也！"想来，在东汉末年，大名士蔡邕也曾经赏识过当时还寂寂无闻的曹操吧。曹操心狠手辣，但并不忘恩负义。这段情分，他一直没有忘。但是，这么多年来，他先是跟着袁绍打董卓，董卓死后，又接着打吕布，打刘备，打袁绍，并没有精力去关照蔡邕的后嗣，直到 200 年，他最终统一北方，才算是相对松了一口气。此后，他还完成了另外一件大事，那就是把南匈奴分为五部，全部纳入了自己的麾下。而在这个过程中，他听说，蔡邕的女儿就在南匈奴。老朋友早已故去，帮他这个沦落天涯的女儿脱出虎口，不正是对他最好的报答吗？于是，曹操让人拿了黄金白璧，面见左贤王，重金赎回了蔡文姬。

　　写到这里，可能读者朋友会说，太好了，重返故园，这可是王

----

① 《史记·管晏列传》记载，管仲年轻的时候就和鲍叔牙相识了。管仲家贫，常常占鲍叔牙的便宜，但鲍叔牙却不在意。后来，鲍叔牙侍奉齐国公子小白，管仲侍奉公子纠。两位公子争夺王位，公子小白获胜，即位后便是齐桓公。鲍叔牙向齐桓公举荐管仲，最终管仲帮助齐桓公成为霸主。管仲感慨："我和鲍叔牙经商分钱时我总是多分，但鲍叔牙不认为我贪财，他知道我当时贫困。我曾多次做官，却总被免职，但鲍叔牙不认为我无能，他知道我是没有遇到好的时机。我曾多次战败逃跑，但鲍叔牙不认为我性格胆小，他知道我是因为还有老母要侍奉。公子纠失败，我没有跟着去死，但鲍叔牙不认为我无耻，他知道我不会为了小节而感到羞愧，只会因为才干没有显耀于天下而倍感耻辱。生我的人是父母，了解我的人是鲍叔牙啊！"

昭君毕生也没有实现的愿望啊。确实，蔡文姬很幸运，当年有那么多中原女子被掳掠到草原，能够回去的只有她一人而已。可是，这样一来，就意味着她得抛下两个孩子了。这两个孩子是她的至亲骨肉，也是她这么多年在南匈奴最大的安慰，从此远隔天涯，后会无期，作为母亲，她又怎么能够忍下心来呢？这就是《悲愤诗》里那最为催泪的一幕场景："儿前抱我颈，问母欲何之。人言母当去，岂复有还时。阿母常仁恻，今何更不慈？我尚未成人，奈何不顾思。"什么意思呢？儿子跑过来抱住了我的脖子，说母亲啊，您要到哪里去？有人告诉我您要走，那可就再也不能和我们在一起了！阿母您平时那么善良，如今怎么会如此无情？我们俩还都没长大成人，难道您就不顾念我们？这还是诗吗？这几乎都不算诗了，它就是那两个小孩子哭喊出来的原话。可是，这又是最好的诗，它是那么真切，那么惨痛，让我们在千载之后都为之心酸，可以想象，当年的蔡文姬，又该是何等摧心摧肝，五内俱焚！这才是文姬归汉背后的故事，它不是胜利，不是喜剧，它是我们这个民族历史上一次巨大的创伤，是这个伤口滴下的血泪凝成了《胡笳十八拍》，也凝成了蔡文姬痛彻肺腑的《悲愤诗》。

行行重行行。蔡文姬就这么一步三回头，离开了草原，回到了老家陈留。可是，到了家她才发现，这里什么都没有了，战乱之后，家园早已荒芜，家人也都死光了。怎么活下去呢？这时候，又是曹操替她操持，把她嫁给了自己手下的一个屯田①都尉，名叫董祀。这个董祀，

---

① 朝廷利用戍边的士兵、农民、商人开垦种植荒地，以此来获取军饷和税粮。屯田都尉就是负责相关事宜的官吏。

明 佚名 摹宋本《胡笳十八拍文姬归汉图》◎

没有背景，没有才华，完全不是当年那个辨琴的蔡文姬所能看上的人物，可是，经过这么一番颠沛流离，就算是这样平凡的人，都会让蔡文姬觉得高攀不起了。她说："流离成鄙贱，常恐复捐废 ①。"她害怕丈夫会嫌弃她，为了保住这来之不易的家庭，她愿意付出任何努力。可是，蔡文姬的劫难还没有完。她的丈夫又犯罪了。

这也就是我要讲的第三个故事，文姬救夫。董祀是曹操的手下，而曹操素以治军严格著称，董祀到底犯了什么罪我们并不知道，但根据记载，他犯下一个要杀头的重罪，而且，当时，董祀已经就要押赴法场了。怎么办呢？这个丈夫并不如意，可是，蔡文姬已经失去了家园，失去了父母，失去了儿子，她再也不能失去董祀了。她像疯了一样，蓬着头跑到曹操门前，叩头流血，请求见曹丞相一面。当时，曹操正在宴请公卿名士，他对满堂宾客说："蔡邕的女儿就在外面，大家一起见一见吧。"蔡文姬就这么披头散发地跪在了众人面前。她的容颜已经憔悴到没法看了，但是说起话来，却还是那么清晰有致。她说，自己已经一无所有了，只求曹丞相给她留下这最后的依傍。这可是当年风流倜傥的蔡邕的女儿呀，满堂宾客都为之动容。曹操说："我的确同情你，可是降罪的文书已经发出去了，怎么办呢？"蔡文姬抬起头来说："丞相您有宝马万匹，猛士如林，您难道会吝惜一人一马，不肯去救一个垂死之人吗？"这是多快的反应啊，一下子把曹操跟她之间的强弱对比表达得淋漓尽致。这就和《红楼梦》里，

---

① 捐废是抛弃、废弃的意思。

刘姥姥对王熙凤说"您老拔根寒毛比我们的腰还粗呢"是一个道理，还有什么比示弱更容易激起大人物的慈悲心呢！就这样，曹操终于被蔡文姬感动，赦免了董祀。

我想，当时的曹操可能并没有意识到，他这一念之仁，为中国留下了多么宝贵的财富。这财富来自曹操闲闲的一问："听说夫人您家原来有很多古籍，现在还记得一些吗？"蔡文姬说："当初父亲留给我的书籍有四千多卷①，现在都已经荡然无存了，我能记下的，只有四百多篇而已。"曹操说："我派十个人到夫人那里，您讲，让他们记，可以吗？"蔡文姬说："男女授受不亲，请丞相给我纸笔，我自己写就是。"这四百篇古文是什么？这就是绵绵不绝的中国文化啊。中国五千年文明，经历了多少次变乱，竹简烧了，纸本毁了，但是，只要有蔡文姬这样的口传心诵在，这文明就不会断线。文人存则文化存，这就是孔子说的，天佑斯文②。

传承之外，蔡文姬更伟大的地方在于创造。她创造了什么？她最伟大的创造，就是我在前面引用了好多次的《悲愤诗》。这也是我国诗歌历史上文人创作的第一首自传体五言长篇叙事诗。这首诗到底好在哪里？我一直觉得，它是中国古代女性诗词中最有力量，最震撼人心的诗篇。丧夫、没胡、别子、再嫁，惨痛的经历像大山一样压下来，

---

① 蔡文姬的父亲蔡邕是当时著名的学者兼大藏书家，博学多才，家中藏书万卷。他晚年赠予建安七子之一的王粲几车书，还把四千卷书留给了女儿蔡文姬。

② "斯文"现在多指文化或文人。但在孔子笔下，"斯文"内涵更深厚，是指礼乐教化、典章制度。

让当年那个辨琴的小女孩变成了一个饱经沧桑的妇人。能飞到天上去的轻灵感没有了，滋长出来的，是大地一般的沉厚，这沉厚里，有着最伟大的力量。清代有一位诗论家叫张玉谷，曾经为蔡文姬写过一首诗："文姬才欲压文君，悲愤长篇洵大文。老杜固宗曹七步，办香可也及钗裙。"什么意思呢？蔡文姬的才华压倒了卓文君，《悲愤诗》确实是一篇了不起的传世雄文。杜甫的长诗固然主要是继承了曹子建[1]，但是，他的心香一瓣，也应该供奉给蔡文姬这个女钗裙[2]。

没错，说到蔡文姬，我真心反对红颜薄命那样轻薄的说法，更不喜欢把重心落在她和曹操的交情上，说什么蓝颜知己。我由衷地佩服她能把人生的苦难化作浑厚的诗歌，这其实也就是鲁迅先生所说的"我以我血荐轩辕"。

---

[1] 曹植字子建，他七步成诗，所以张玉谷的诗中称他为"曹七步"。

[2] "钗裙"是首饰和裙子，代指女性。

【思考历史】

◇ 东汉经常是宦官专权和外戚专权交替出现，请了解一下东汉的历史，想一想这是为什么？

◇ 文姬归汉的故事，历史上多有演义，郭沫若也曾据此创作过历史剧《蔡文姬》。人们为什么会喜欢文姬归汉的故事？里面寄托了人们的哪些情感？

图书在版编目（CIP）数据

腹有青史言有章：蒙曼讲古代人物．先秦两汉 / 蒙曼著．-- 长沙：湖南文艺出版社，2025.8. -- ISBN 978-7-5726-2407-0

Ⅰ．K820.2-49

中国国家版本馆 CIP 数据核字第 2025Z0D531 号

上架建议：少儿·传统文化

FU YOU QINGSHI YAN YOU ZHANG: MENG MAN JIANG GUDAI RENWU. XIAN QIN LIANG HAN

腹有青史言有章：蒙曼讲古代人物．先秦两汉

著　　者：蒙　曼
出 版 人：陈新文
责任编辑：匡杨乐
监　　制：李　炜　张苗苗
策划编辑：张苗苗
特约编辑：张晓璐
营销支持：付　佳　杨　朔
版式设计：梁秋晨
封面设计：霍雨佳
内文排版：霍雨佳
出　　版：湖南文艺出版社
　　　　　（长沙市雨花区东二环一段 508 号　邮编：410014）
网　　址：www.hnwy.net
印　　刷：北京嘉业印刷厂
经　　销：新华书店
开　　本：680 mm × 955 mm　1/16
字　　数：155 千字
印　　张：13.25
版　　次：2025 年 8 月第 1 版
印　　次：2025 年 8 月第 1 次印刷
书　　号：ISBN 978-7-5726-2407-0
定　　价：52.80 元

若有质量问题，请致电质量监督电话：010-59096394
团购电话：010-59320018